梟の眼
The 11th Volume Of The Corsair Series
〜コルセーア外伝〜
JN299808

梟（ふくろう）の眼（め）

～コルセーア外伝～

水壬楓子（みなみふうこ）

ILLUSTRATION
御園（みその）えりい

CONTENTS

梟の眼
～コルセーア外伝～

◆
梟の眼～コルセーア外伝～
009
◆
レクチャー
249
◆
あとがき
255
◆

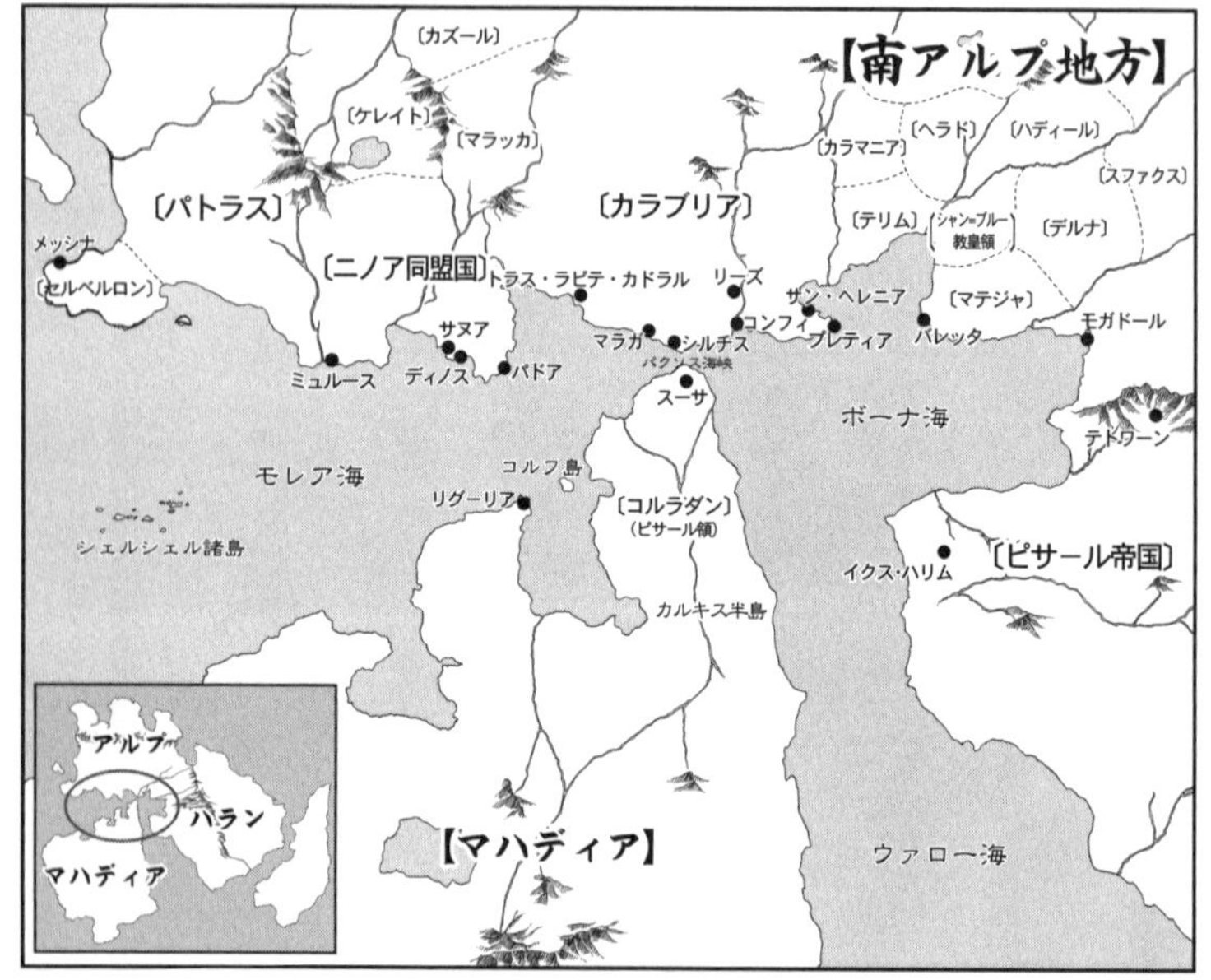

illust.御園えりい

梟の眼
～コルセーア外伝～

第一章　失踪

1

　ジルがディノスを訪れた――帰郷したのは、およそ一年ぶりくらいだった。

「変わらないな…」

　館の前で馬を降りると、思わず小さくつぶやき、ゆっくりとまわりの風景を見まわした。

　いかにも田舎(いなか)の貴族の別荘といったこぢんまりとした館の前には、自然なままに、しかしほどよく手入れされた庭が広がり、隅の方には畑もある。

　わずかに小高いこの場所からは、緑の中に村の屋根がぽつぽつと色をつけ、牛や馬がのどかに草をはんでいる姿も眺められた。

　ディノスは、ニノア同盟国の中のジェンティーレ大公領にある田舎町だ。

　近くにはサヌアという海岸沿いの温暖で風光明媚(ふうこうめいび)な保養地があり、ニノアだけでなく近隣諸国の大貴族たちの別荘が建ち並んでいた。

　保養地外交が華やかなに行われている場所からは、ほどよい距離をおいている、というところだろうか。

　ジルは馬を側(そば)の木につなぐと、長く三つ編みに束ねた髪を軽く振(ふ)り、深く息をついてから、ドアの前に立ってノッカーを打ち鳴らした。

　対応を待っている間にも、頭の上ではゆったりと鳶(とび)が鳴きながら飛んでいく。頬(ほお)を撫(な)でる風も、鼻をかすめる草の匂(にお)いも、やはりふだんいる海の上とはまったく違う。

「……あれ。ジルか、ひさしぶりだな…！」

　知らず空を見上げて鳶を目で追っていたジルは、

ドアの開く音とともに聞こえたそんな声にハッと向き直った。

ドアの向こうに現れた男が一瞬、目を見開いてから、大きな笑顔を見せる。

「キリアン…」

ジルの方も予想していなかった顔に驚いたが、ここにいておかしいわけではない。数年会っていなかった懐かしい顔だ。

身長はジルと同じくらいだったが、がっしりと体格はいい。短い金髪に薄い緑の目。キリッとした厳つい雰囲気だが、さすがにカラブリアの近衛騎兵隊に所属しているだけに、容姿の整った男だった。

剣の腕もかなりいい。

ジルより二つ年上で兄のような存在であり、実際に兄弟子とも言える。最初に会った十歳の頃から、ジルはキリアンとともに、その父に剣を習っていたのだ。

おたがいに気安い間柄である。とはいえ、今は住む場所も立場も違い、なかなか会う機会もなくなっていた。

それだけに、こうした予期せぬ再会はうれしい。

「来ていたんですね」

「ああ、御前のご機嫌うかがいにな」

微笑んだジルに、キリアンが一歩引いて、馴染んだふうにジルを中へ通した。

御前——とキリアンが呼ぶのがこの館の主、ボリス・デラクアである。

ニノアの隣国である大国カラブリアの貴族だが、変わり者と噂の男で、七年前に宮廷官吏の役職から身を引いて、このディノスで隠遁生活に入っていた。

……当時、まだ三十五歳の若さで、だ。

まったく何を考えているんだか、とその時はジルもあきれたものだったが。

「まあ…、お客様に申し訳ございませんでした、キリアン様」

ノックを聞きつけて奥から出てきたのだろう、初老の女性が姿を見せて、いくぶんあわてた様子で頭を下げた。

古くからボリスに仕えている、ジルにも顔馴染みの侍女――というより、館を取り仕切る女中頭（ハウスキーパー）だ。

昔はジルも礼儀作法や、屋敷内の仕事を細かくたたきこまれたものだった。

もともとが別荘で、今は住んでいるのが主のボリス一人ということもあって、この館に使用人の数は少ない。執事や馬丁を兼ねた御者を入れても五、六人のはずだ。

ノックの音を聞いて、通りがかったキリアンが気軽に対応に出たのだろう。

キリアンはボリスがカラブリアにいた頃もよく館に出入りしており、そして離れたあとも、たびたびディノスを訪れているようだった。それだけに、古参の使用人たちとも馴染みがある。

ジルがここを離れたのは六年前だが、おそらくはジルよりも頻繁（ひんぱん）に、ボリスのもとに顔を出しているのではないかと思う。

「……あらあら、ジルさん。おひさしぶりですこと。まあ、先日はレティウス様やプレヴェーサの方々が入れ替わりでいらしていた時には顔を見せなくて、なんて不義理なんでしょうと思っていたところですよ」

そしてジルを認めて何度も瞬（まばた）きし、いかにもなじるように言った女に、ジルはいくぶん体裁（ていさい）悪く愛想笑いを返した。

「すみません、雑用がたまってましたせいで。……お元気そうでなによりです、モリーさん」

「もっと頻繁にお帰りなさいまし。旦那様も淋しがっておいでですよ」

なかば叱るようなそんな言葉に、ジルは思わず肩をすくめてしまう。

「どうですか…」

ボリスはそんな感傷的な性質ではない。深く物事にこだわらず、深く人と関わりを持つこともなく、ひょうひょうと、自分の趣味にかまけて日々を暮らしている男だ。

ジルとしても帰りたくなかったわけではないが、……なんとなく、意地を張るような気持ちで数年、足を向けていなかった。

「しばらくお泊まりですわね？　お部屋を用意しておきましょうね」

小さくつぶやいた言葉は幸い女の耳には届いていなかったようで、彼女はそのままキリアンに案内を頼むと、いそいそと奥へ引っこんだ。

もともとこの家では、ジルは「客」という立場ではない。

ボリスに引き取られてから、十六年。

このディノスの館でジルが暮らしていたのは、ほんの一年ほどだったが、十六年前には、モリーはすでにカラブリアのボリスの館で采配を振るっていた。彼女にとってもジルはまだまだ……いつまでたっても、出会った頃のままの子供なのだろう。

「御前はサンルームの方にいらっしゃるよ」

そう言うと、キリアンが先に立って歩き出した。

彼にとっても、勝手知ったる、という感じだ。

ジルも案内の必要はなかったが、そのあとについていく。

「それにしても…、あなたがわざわざディノスにおいでになるとは。何か特別なご用でも？」

脱いだマントを片腕にかけ直しながら、さりげなくジルは尋ねた。

それでもどこか探るような調子になっているのが、自分でもわかる。

キリアンは現在、カラブリアの近衛騎兵隊に属している。ということは、ふだんはカラブリアの宮廷で国王の側で仕えている、ということだ。

気軽に遊びに来るには、ディノスはさすがに遠すぎる距離だった。

「いや。実はサヌアまでアナベル王女の警護についていてな。そのついでのご機嫌うかがいだ。せっかくサヌアまで来たんだし、よっていかないわけにはいかないだろう」

しかしそれに、キリアンはあっさりと答えた。

声にも横顔にも、特に嘘をついているような緊張はない。

とはいえ、もともと表情の読めない男ではある。なんだろう…、実直で、裏表のあるような性格ではないのだが、表情を隠すのは昔からうまかった。

……気がする。

「王女がサヌアにいらしているのですか？」

ジルはちょっと首をかしげた。

カラブリアのアナベル王女は、御年は確かまだ十二歳、くらいだった。こんなところまで一人で——もちろん供はたくさんいるはずだが——長旅をしてきたのだろうか、と思っていると。

「ああ。殿下…、王太子殿下がしばらく前から静養のためにサヌアに滞在されている。兄君のところに遊びに来られたんだよ」

「セラディス様が？　それは存じませんでした」

ジルは今朝までそのサヌアにいたわけだが、まったく知らなかった。

もっともジルがサヌアに上陸したのがほんのおとといで、しばらくは艦の雑用や、現在建設中の新しい館の確認や、仮住まいのチェックなどで忙殺されていたので、まだ耳に入っていなかったということだろう。

そういうことならば、キリアンがここにいるのも当然の流れと言える。——のだが。

しかしタイミングとしては、あまりにも合いすぎていて、ジルはかすかな違和感というか、引っかかりを覚えてしまう。

……いや。実際にはまったく関係のないことなのだろうが。

「そうだ。あとでひさしぶりに立ち会いをしてもらえるか？　海賊たちの中でおまえの腕がどれだけ磨かれたのか、見てみたいな」

と、ふいに思いついたような弾んだ声で言われ、こっそりと息をついたジルはいくぶん挑むような笑みで男に向き直った。

「望むところですよ。あなたの腕が近衛騎兵隊などと、お飾りの兵隊さんたちの中で鈍っていないことを願いますが」

「このやろう」

すかして言ったジルを軽く横目ににらみ、キリアンが低くうなる。しかし、ふと肩をすくめてため息をついた。

「……まァ、実際、騎兵隊じゃまともな相手になれるヤツが少ないのは確かだけどな。おまえは日々実戦なんだろうが」

ちょっとうらやむような口調だ。普通に考えれば、海賊と近衛士官などと、比べるべくもないはずだが。

王にはべる機会も多い騎兵隊だが、戦乱から遠くなった今の世では、何かの儀式の時の見栄えと華というのがもっとも大きな仕事と言える。キリアンのように剣の腕に自信がある者たちにとっては、いささかもの足りないのだろう。

「基本は艦隊戦ですからね。白兵戦になるようなことはめったにないんですけど」

海賊だと、剣での戦いより大砲で決着がつくことが多い。

「そういや、ライナスのヤツは元気なのか？　まだプレヴェーサにいるんだろ？」

思い出したように、キリアンが尋ねてきた。

かつてキリアンと同じくカラブリアの近衛騎兵隊に属していたカラブリア貴族の三男坊で、今は家を捨て、地位や名誉も捨てて、海賊たちと行動をともにしている。

「ええ、お元気ですよ。姫様の…、アウラ様のお供で今はパトラスの方にお出かけですが。アウラ様はサヌアのお母様のもとをよく訪ねられていらっしゃいますから、そのうちタイミングが合うかもしれませんね」

「あいつ、船酔いとかしてないのか？　艦なんか、ろくに乗ったこともなかったはずだけどな」

にやにやしながら尋ねたキリアンに、ジルは微笑んだ。

「始めの頃はご苦労されていたようですけど。今はすっかり慣れてますよ」

そんな共通の人間の話題に花を咲かせる間に、二人はサンルームの前にたどり着く。

「御前、失礼します」

コンコン、とノックに続いて声をかけ、キリアンが先に中へ入る。

「客…、じゃないですね。飛び出していったトラネコが帰ってきましたよ」

そしていくぶんおどけたふうにキリアンが告げた。

トラネコ、と昔はよく、からかわれるようにキリアンに呼ばれていたのだ。

ジルがボリスのもとに来た当初。警戒心がまだひどく強かった頃だ。

うん？　といくぶん怪訝そうな声のあと、男の低い声が聞き返した。

「誰だって？」

ひさしぶりに耳にしたその声に、ジルは一瞬、息をつめた。

ドクッ…、と知らず、鼓動が大きく響く。

懐かしい、もちろん忘れられるはずのない男の声――。

ドアから一歩横へ動いた男のあとから、ジルはそっと中へ足を踏み入れた。

シェード越しにやわらかな日差しが差しこむ明るい部屋の、中央のソファに男が一人、身体を伸ばしている。膝に本をのせ、ゆったりとくつろいだ様子だ。

ボリス・デラクア――この館の主である。

今年で確か四十二、だっただろうか。

短い顎髭は、対外的には貫禄とか落ち着きとかを示すのに成功しているようだったが、ジルからすればどこかとぼけた印象を受ける。

初めて会った頃には、そんな髭などはもちろんなく、もっとシャープな雰囲気だった。機敏で、テキパキと仕事をこなしていそうな。

いったいいつから、こんなふうに……宮廷でも「変わり者」と言われるようになっていたのか。

その男の深い茶色の瞳がふっと肩越しに上がって、

まっすぐにジルを見つめてきた。

「ジル」

わずかに瞬きしてからいくぶんとまどったように男の指先が前髪をかき上げ、小さく眉をよせた。

そしてそっと息をつく。

「わざわざ来たのかね」

どこか素っ気ない……ひさしぶりに会えたこと自体にもさして感慨がないような言葉に、ジルもふっと腹に力を入れるようにして返した。

「こんな手紙をもらえばあたりまえでしょう」

指先で懐から小さな封筒を取り出して見せながら。

そう。もちろんジルにしても、来訪の目的は男の顔を見に、ではなく、こちらの方だ。

ジルはちらりと素早くキリアンの様子を横目に確認したが、特に反応したようでもなかった。ただ不思議そうに、ジルとボリスとを見比べている。

彼が来ているのもこのせいではないのか……？ ちょっと疑っていたのだが、どうやらそういうわけではないようだ。

「いったいどういうことなんです？」

気を取り直し、語気も強く問いただしたジルに、ボリスが困ったようにため息をついてみせた。

「いや…、私にもまだよくわからないんだけどね」

口の中で言いながら膝の本を閉じて、そっとソファから立ち上がった。

客が来る予定もないのだろう。だらしなく、更紗の化粧着姿のままだ。

その男を見つめたまま、ジルは冷静に確認した。

「つまり…、姉は行方不明だということですか？」

※　　　※

モレアの海を制する海賊（コルセーア）――プレヴェーサ。
先々代の戦乱の時代、海賊でありながら当時のカラブリア国王と親交を持ち、海の守りについたプレヴェーサは、その功績により一族の長であるファーレス家が侯爵位を賜（たまわ）った。さらに海軍の本拠地であるプラディスの総督兼海軍提督の地位について、一族はカラブリア海軍の中核を成していた。

――五年前までは、だ。

現在のカラブリア国王であるマンフリート一世と反りが合わなかったプレヴェーサの先代ローレン・ファーレスは、潔くカラブリアを離れ、もとの海賊にもどった。だが、直後にカラブリアは他のモレア沿岸諸国とともに多くの兵を出し、「海賊討伐」をはかったのだ。

数カ国の連合海軍と、たかだか海賊の一族である。

圧倒的な武力や兵力にすぐに雌雄は決するものと思われたが、しかし多くの予想を裏切って、その戦いは長期戦へと突入した。

もともとモレアの海を知り尽くした、ゲリラ戦を得意とする一族だ。造船、操舵（そうだ）、砲術などに秀でた人材も多く抱えている。

結局、甚大な被害を出した各国の海軍は一国、また一国と徐々に戦列を離れ、連合軍は瓦解（がかい）した。海賊たちの殲滅（せんめつ）をあきらめてカラブリア軍も撤退し、それ以来、各国ともプレヴェーサに手を出すことは控えている。

ジル・フォーチュンは、そのプレヴェーサの艦隊司令官であるアヤース・マリクの副官として、ふだんはアヤースが指揮する艦、「ブードゥーズ」に乗船していた。

　五年前のカラブリアとの海戦で「伝説」を作り、「悪魔殺し（カーチャ・ディアーブロ）」の二つ名を持ち、世間的にはプレヴェーサ一の剣の遣い手として恐れられているアヤースだが、副官の立場から言わせてもらうと、すぐにふらふらと艦を空けて自分勝手に動きまわるやっかいな上官である。……まあもちろん、剣の腕は一流だし、いざという時の指揮能力は高いわけだが。

　しかしおかげで、副官としては雑用が増えて仕方がない。

　ジルは、もともとプレヴェーサの一族だったわけではなかった。

　もっとも、基本的に海賊は来る者を拒まず、去る者を追わず、だ。いろんな理由や経緯で一族に入ってくる者は多い。

　キリアンとの話に出た、ライナス・ハートリーという男などは、カラブリアの名門貴族の三男坊に生まれ、近衛騎兵隊に属していながら、プレヴェーサ統領家の娘に惚（ほ）れて国を捨てた。五年前は、故国と戦ったわけだ。

　ジルの場合は、ある意味もう少し簡単な理由でもあり、——あっさりと言うと、縁（えん）があった、ということだろう。

　その縁を作ったのが、この館の主、ボリス・デラクアだった。

　プレヴェーサの現在の統領はレティウス・ミア・ファーレス——若干十八歳の若き長である。

　レティウス——レティが跡を継いだのがほんの三年ほど前のことで、レティとその双子の姉であるアウラの母親は、カラブリアの筆頭公爵家、デ・アマルダ家の令嬢だった。

　双子の母であるエイメと先代のローレンとは、大恋愛の末の結婚だったが、当時、侯爵位にあったとはいえ、もともとファーレスは海賊上がりの家柄である。公爵家が結婚など許すはずはなく、エイメは家を捨てる形でローレンのもとに走った。そしてすぐに双子を産み、結局は押し切った、というところだろうか。

　プレヴェーサがカラブリアから離脱した時、またローレンが亡くなった時にも、再三にわたって公爵家はエイメを連れもどそうとしていたが、エイメの方はまったく相手にしなかった。

　身体が弱く、お嬢様育ちだったエイメが艦に乗ることはできず、海賊たちの本拠地である島暮らしも難しく、プレヴェーサが海賊にもどって以降、ずっとサヌアの別荘で暮らしていたのだ。

　そしてそのデ・アマルダ家とボリスとが、親戚関係にあった。エイメからすれば、大叔父（おじ）、というところだろうか。

王族ともつながる筆頭公爵家の一族であり、ボリス自身、現在も伯爵位を引き継いでいる。

　一族中の反対を受けた結婚だったが、ボリスだけが祝福したこともあって、エイメは今でもボリスとは親しくつきあっていた。エイメがサヌアに暮らしているのも、仲のよい大叔父の近くで心強いということがあるのだろう。

　要するに、二人とも大貴族の中では変わり者だった、ということだ。

　そのため、デ・アマルダの一族ではめずらしく、昔からボリスはプレヴェーサとは親交が深かった。

　エイメの子供たちだけでなく、海賊たちが館に出入りすることも多く、それを容認していた。

　それだけでなく、得体の知れない海賊の一人にデラクアの名を名乗ることを許したのだ。

　現在、プレヴェーサの統領付きの参謀を務めているカナーレ・デラクアである。

十一年前、死にかけているところをアウラに拾われ、そのまま海賊になった男で、もともとの素性は知れなかった。

だがそれを言えば、ジル自身も同じようなものだろう。

姉とともにボリスに拾われたのは十六年前。

ジルが十歳の時だった――。

2

ジルはもともとカラブリアの商家の生まれだった。

父は宮廷への出入りも許された大商人で、王宮内で使う調度品や備品などを納めていた。

商売はうまくいっていて、家族の仲もよく、平穏で幸せな生活だった。

――二十年前。その事件が起きるまでは。

その頃、立て続けに若い娘が殺されるという陰惨な事件がカラブリアの都、リーズを騒がせていた。

それがいつから始まったものか、はっきりとはしない。気がつけば、同様に胸を一突きにされた若い娘たちの死体が、数日おきに見つかるようになっていたのだ。

そして遺体の白い胸――右の乳房の上には、常に十字の印が刻まれていた。

いつからか「血の枢機卿(すうきけい)」と呼ばれるようになった殺人鬼の犠牲者は市中の娘たちに限らず、貴族の令嬢からも何人も出て、身分を越えて都中を恐怖に陥れた。

街角でも、宮中や貴族たちの集まりでも、寄ると触るとその話題ばかりという状態だったのだ。

　その騒ぎに国王も犯人を捜し出すように直々の命令を下し、連日連夜、多くの都内警備の兵たちが都を巡回して、探索にあたるようになっていた。

　その結果、犯人として捕らえられたのが——ジルの父親だったのだ。

　とても信じられることではなく、その時のことは今でも悪夢としか思えない。

　だがある日突然、踏みこんできた兵たちに強引に家探しされ、犯行に使われたらしい血まみれの短剣が父の寝所から見つかった。

　父は無実を訴え、一番新しく事件が起こった夜には、店の手代と一緒に商人たちの会合から帰る途中だったと主張した。当初、その言い分を肯定していた手代だったが、しかしあとになって、そう言うように主人に頼まれたのだと証言を翻した。

　父は牢へぶちこまれ、厳しい取り調べを受けたが、罪を認めることはなかった。そしてその取り調べがひと月にも及んだ頃、獄中で死亡したのだ。

　それが拷問にも等しい取り調べで負った傷のせいなのか、病死だったのか、……あるいは自殺だったのか。それもわからない。

　そして役人たちも父の死をもって忌まわしい事件をさっさと終結させ、父の罪を確定させた。

　自白がなくても、凶器という確固たる証拠と偽証の強要。それがあれば十分だったのだろう。

　事実、父が捕らえられて以降、その猟奇的な事件はピタリとやみ、誰もが父の犯行だと信じて疑わなかった。

　ジルたちにとっては、とても信じられることではなかったが、反論するすべもない。

　残された家族はもちろん、商売など続けていける状況ではなかった。使用人たちは皆、逃げるようにいなくなった。外を歩けば公然と指さして罵(ののし)られ、石を投げられ、殴(なぐ)る蹴(け)るの暴行を受けることすらあった。

　遺体は見せしめとして野ざらしにされ、家族は返してもらうことさえできなかった。

　結局、父の死後、私財はすべて没収され、家は取り壊され、残された母と姉とジルの三人はわずかな金だけで放り出された。

　仕方なく、都から遠く離れた母の実家を頼ったが、そんな田舎にまでその事件は鳴り響いていた。

　裕福だった頃は母の援助を当てにし、ジルたち子供も下にも置かぬもてなしを受けていたが、汚名を着て帰ってきた母子に、親戚たちは冷たかった。

　あからさまに迷惑そうな様子で、家に置く代わりに扱いは使用人以下だった。家といっても、住まわせてもらったのは家畜小屋についていた納屋で、食べ物などもこぼれた穀物を拾うような生活だった。

　それでも、居場所があるだけマシだったのかもしれない。

　大きな衝撃と心労がたたった母は寝たきりになったまま、それから一年ほどで亡くなった。

　そして母がいなくなると、親戚たちはすぐさま姉とジルとを家から追い出した。

『うちには気の狂った人殺しの親戚なんかいないんだよ！』

　そんな言葉で。

　無理もないのだろう。

　母はともかく、父の子供である姉弟は、世間的にはおぞましい殺人鬼の血を引いているのだ。

　ジルは七つ。四つ年上の姉は十一歳だった。

　もはや頼る者もおらず、残された姉弟二人で何度も死ぬことを考えた。

それでも、父は人殺しなんかじゃない――、と。

その思いだけで、なんとか歯を食いしばって生き続けた。

ここで死んだら、誰もそれを信じる者がいなくなってしまうから。

自分たちが死んだら、父の罪を認めてしまうことになるような気がしたから――。

二人で相談し、そのあと何カ月もかけてジルたちは都まで帰ってきた。素性を隠して日雇いの仕事をし、時には物乞いのようなことをしながら。

小さな村では、よそ者は素性を詮索され、すぐに噂になる。働くような場所もない。

大国カラブリアの都であるリーズは人も多く、出入りも激しく、その分、目につきにくい。子供でも働くことはできる。

できれば、父の罪を晴らしたいと思った。何年かかったとしても。

都の端の方で、ジルたちはなんとか仕事を探した。場末の飲み屋や飯屋で頭を下げ、住みこみで働かせてもらって、殴られながら皿洗いをし、蹴り出されるように使い走りをして。

しかし長く一カ所で働くことはなかなかできなかった。

姉が、店の客や主人に目をつけられたからだ。
十二、三という少女から大人の女へと変化する年頃だった姉は、貧しい身なりであっても美しかった。
もともとの生まれのおかげで、きちんとした躾を受け、気品と教養を身につけていた。貴族たちの中へ出してもおかしくないように、と両親が愛情をこめて育てていたのだ。

洗練された言葉遣いやちょっとした仕草も、場末のような場所ではさらに目立つ。

　姉が男たちに言いよられるようになると、ジルはすぐにその家から出るようにしていた。

　いつ襲われるかわかったものではなく、実際、姉が自分のために我慢をして、男の言いなりになろうとしていたこともあったのだ。

『な？　こんなとこで働かなくても、弟の面倒はみてやるから俺のものになれよ』

　と、そんな言葉をかけてくる男は多かったようだ。

　まだほんの子供だったジルは、自分が父のために何もできなかったことが悔しかった。母を助けることすらできなかったことが、苦しかった。

　だからせめて、姉だけは守りたかった。

　絶対に、汚い手に触れさせるようなことはしない――そう思っていた。

　これまでもずっと、姉は小さいジルをかばうようにして生きてきたのだ。

　カラブリアの都であるリーズは、宮殿を中心に大きく裾野を広げるようにして四方へと拡大していた。

　貴族たちの邸宅が建ち並ぶあたりから、大商人たちの暮らす界隈、職人たちの町、物売りたちの場所、場末のガラの悪い一帯へと順に下がっていく。

　同じ都にあってさえ、その生活区域ははっきりと分かれていた。

　ジルたちはその澱んだ下町を転々と、逃げるようにして移り住んだ。以前は足を踏み入れたこともないような、危険で汚れた郊外の町だ。

　もちろん、かつて馴染んだ場所には近づかないようにしていた。

　……もとより、世界が違ってしまっていた。

　昔ジルたちが住んでいたのは、裕福な商人たちが暮らす、王宮にもほど近いこぎれいなあたりだった。

貴族たちや、その使いの者たちも頻繁に出入りするような、華やいだ雰囲気で。

だがこの時のジルたちは、まともな服や靴さえも整わず、とてもそんな場所へ足を踏み入れられるような姿ではなかった。

もっともここ数年のすさんだ生活で、ジルたちの身なりはもちろん、成長期だった顔立ちや体型もすっかり変わっていたから、よほど親しかった人間でなければわからなくなっていただろう。

そして、それは事件から四年後のことだった。

その頃、ジルたちは安宿を営む小金持ちの家で、なんとか下働きとして働かせてもらっていた。

四カ月くらいしてようやく仕事にも慣れ始めた頃だったが、やはりそこの主人が姉に必要以上の接触をしてくるようになり、ジルは毎日気が気ではなかった。

長雨が続いていたこの日、姉は体調を崩し、朝から寝こんでいた。咳がひどく、頭痛もするようだ。

主人が見舞いに、という口実で何度も部屋を訪れていて、ジルがいるのを見るとあからさまに嫌な顔をして、仕事に追い立ててきた。

ジルは合間をみてしょっちゅう姉の部屋をのぞき、主人を牽制していたが、それも限度がある。

しかし逃げようにも姉の具合はよくなく、さらに外は大雨だ。

心を決めて、ジルは自分から主人を宿の空き部屋へ誘った。

姉には手を出さないでほしい。その代わりに自分が――、と。

時間稼ぎにしかならないことはわかっていたが、せめて姉がまともに動けるようになるまで、と思っていた。

それに、主人はまんざらでもない様子だった。

ジルにしてもまだ十歳と幼かったが、姉と似た面影で端整な顔立ちをしている。ちょっと遊ぶにはいい相手だったのだろう。

しかしジルが主人のモノをくわえさせられているところが、男の妻に見つかってしまったのだ。

「こ…こいつがたぶらかしてきたんだって！　小遣い欲しさによっ」

あわてた主人は必死にそんな言い訳をした。

宿は女将の実家であり、主人は婿養子だったから、頭が上がらなかったのだろう。

激しい雨が降りしきる中、ジルたちは行く当てもなくその場で家から追い出された。

もともと具合の悪かった姉は高熱を出し、歩くこともままならなくなっていた。しかしまともな金もなくて、宿をとることはできない。

ジルは姉を抱えたまま、手当たり次第に民家のドアをたたき、泊めてもらえるように頼んだが、やはり得体の知れない人間を家に入れてくれるところはなかった。それどころか、雨宿りしていた軒先からも追い出され、なんとか橋の下へ駆けこんだものの、この先、どうしていいのかわからなかった。

必死に抱えていた姉の身体はだんだんと熱くなり、息も苦しそうで。意識ももうろうとしてきて。

このままだと、本当に死んでしまう――。

無力な自分に涙が溢れ、絶望にジルは大声で叫び出しそうになった。

――その時だった。

橋のたもとに一台の馬車が止まったのだ。

土砂降りの中、馬車から降りてきた身なりのよい男が、まっすぐにジルに近づいてきた。

ジルはただ呆然と、それを見つめていた。頭の中は真っ白で、状況も何もわかってはいなかった。

もちろん、その男が誰なのかも。

「助けて……！　姉さんを助けてください…っ」

泣きながら、必死にそれだけを訴えた。

誰でもよかった。悪魔でも、殺人鬼でも。

姉を助けてくれるのなら。

男は濡れそぼったままうずくまっていたジルを見下ろすと、服が汚れるのもかまわず、その前に膝をついた。

「ああ…、大丈夫。もう心配はいらないからね」

優しく言うと静かにジルを見つめ、そっと伸びてきた手のひらが濡れた頬を撫でる。

その言葉の意味も考えられず、ジルはただぼんやりと男を見つめていた。

こんなふうに……殴られるのではなく、誰かに触れられたのは、父が亡くなってから初めてだった。

男は着ていた外套を脱ぐと、ジルが腕に支えていた姉に着せかける。そして力強い腕で姉を抱き上げ、そのまま馬車へと歩き出した。

我に返って、ジルは弾かれたように男のあとについて走る。

「旦那様…っ」

「御前…！」

馬車の方からは、御者と——お付きの者だろうか、男が二人、駆けよってくる。

二頭立ての、かなり大きな馬車だった。相当な金持ちのようだ。

「急いで館へ」

切迫した声に御者はあわてて御者台に飛び乗り、「私が」と声をかけたお付きの男が、主人からぐったりとしていた姉の身体を受けとった。

その二人を先に馬車に乗せ、男もあとから乗りこむ。そして馬車の脇で立ちつくしていたジルに、手を差し出してきた。

「おいで」

ハッと息を呑み、男の顔を見つめ、ジルはおそるおそる自分の手を伸ばす。

グッと強く握られ、引きよせられて、ジルはなかば倒れるように馬車の中へ――男の膝へ転がりこんだ。

一瞬、ビクッと身体が震える。

そうでなくとも、ぐっしょりと濡れて汚れきった子供だ。普通なら振り払われ、蹴り出されるくらいだろうに。

しかし男はかまわずジルの身体を腕に抱えたまま、手にしていた杖で馬車の壁をたたく。

「出しなさい」

その合図とともに馬車が動き出した。


あっ…と、ジルは身を乗り出すようにして、向かい合った席でお付きの男に抱きかかえられている姉の顔をのぞきこむ。

濡れた髪が額に張りつき、青白く、血の通っていないような頬の色だった。

「姉さん……」

かすれた声でつぶやいたジルに、男が安心させるように肩を抱きしめた。

「大丈夫。すぐによくなるよ」

そして館に着くとすぐに、男はそのまま御者に医者を呼びにやらせた。

姉は侍女たちによって乾いた服に着替えさせられ、暖かい、客間らしい一室に寝かされた。

やって来た医者の手当てを受け、侍女が一人ついていてくれたが、ジルも姉の側から離れなかった。

医者の見立てによると、肺炎を起こしかけていた、ということで、ジルはゾッと背筋が寒くなる。

それでもまもなく呼吸が落ち着き、顔色も少しもどって安らかな寝顔になると、ホッと安心した。

ようやく今自分がいる場所とか、この館の主だろう男のことが気になり始める。

姉についていてくれていた侍女に尋ねると、館の主はボリス・デラクアという人物だと教えてくれた。

「エストラーダ伯爵をお継ぎになったばかりの方よ。ついひと月ほど前に先代様…、お父様がお亡くなりになってね」

そんな説明に、やはり貴族だったのだ、とジルはうなずく。

だがそんな男が、どうして自分たちを助けてくれたのかわからない。

単なる酔狂なのか……、好意なのか。

ほんの十年。だがこれまでの人生で、ジルは人の好意を当てにするには、人間の裏を見過ぎていた。嫌というほどに。

いつも優しく親切だった親戚や使用人は、父が殺人鬼の疑いをかけられて以降、手のひらを返すように冷たくなった。さんざん父の世話になっていた者たちでさえ、残された自分たちに手を差し伸べてくれることはなかった。

ましてや、見ず知らずの人間なのだ。

いったい何が狙いなのか。なんらかの打算がないはずはない。

――やっぱり姉を……？

と考えたが、しかしあの激しい雨の中、夕暮れも迫っていた外は暗く、さらに橋の下ではまともに人の顔も見えなかったはずだ。いや、人がいることすら、馬車で通りかかったくらいでは判別も難しかっただろう。

それをたまたま目にして…、わざわざ降りてきてくれたのだろうか？

だがいずれにしても、今のジルに選択肢はなかった。姉が回復するまでは、ここから動けないのだ。

ジルは手洗いへ行くふりでそっと部屋を抜け出して、館の奥へと入りこんだ。

すでに夜は更けて、館の中は静まりかえっている。激しく窓をたたく雨音だけが、ひどく大きく響く。

それでも二階の奥の一部屋に明かりが灯(とも)っているのに気づいて、ジルはそっと、その扉を押し開いた。

すると、明かりの中で机に向かって何か書き物をしているらしい男の姿が見えた。書斎か執務室、といったところだろうか。

そっと近づいたジルの気配に、男の方も気がついたようだ。

ふっと顔を上げて、おや、というように何度か瞬きすると、ゆったりと微笑む。

あらためて——明かりの中でまともに見た男は、思ったよりもずっと若かった。二十代なかばくらいだろうか。

「お姉さんは落ち着いたかな？」

やわらかく聞かれ、ジルは立ちすくんだまま、なんとかうなずいた。

「そうか。よかったよ」

ゆったりと微笑みながら男——ボリスがペンを置いて立ち上がると、机をまわってジルに近づいてくる。わずかにかがみこむようにしてジルの肩に手を置き、ふと気がついたように眉をよせた。

「まだ着替えていなかったのか？　濡れたままだと君も寝こむことになるよ」

「どうして……助けてくれたんですか？」

しかしそんな言葉にはかまわず、ジルはまっすぐに男を見上げて尋ねた。

「通りがかったものだからね」

それにボリスはさらりと答える。

答えになっているようで、どこかとぼけているようでもあり、やはりジルには妙に引っかかる。もどかしい思いが喉元までこみ上げてくる。

要求があるのなら、先に言ってもらいたかった。

「お願いします…！　姉さんには……、何もしないでください。俺が……なんでもしますからっ」

ジルは思わず、ボリスの腕にすがりつくようにして訴えていた。

そんなジルを、男が少し驚いたように見つめてくる。そして小さくため息をついた。

「ああ…、ええと、そうだな。名前を聞いておこうか」

そっとジルの腕をとり、なだめるように言われて、まだ名乗ってもいなかったのを思い出した。

が、通りすがりのつもりなら、もとより名を知る必要もないはずだが。

「ジル……フォーチュンと言います。姉はフリーダ」

ジルはわずかに視線をそらすようにして口にする。

フォーチュンというのは母方の姓だった。父の事件があってから、ずっとこちらを名乗るようにしていた。

ゴクリ…、と無意識に唾を呑みこむ。

もし、この男が父のことを知れば……きっと、間違いなく、この場で追い出されるはずだった。

とても言えなかった。姉の今の状態では。

しかし特に疑うふうもなく、ボリスはうなずく。

そしてベルを鳴らして侍女を呼ぶと、肩をたたいてうながした。

「まず風呂に入って着替えておいで」

ちょっととまどったが、ジルは言われた通り、湯を使った。

ジルが言ったのは、当然身体で奉仕する意味だったし、相手をさせるのなら男にしても清潔な方がいいのだろう…、と。

大きめの浴槽に身を沈め、そういえばこんな風呂もひさしぶりだな…、とちょっと微笑んだ。父が死んで以来だ。

湯屋に行くような金もなかったし、せいぜい身体を拭くか、川で身を清めるか、くらいだった。

温かい湯に浸かって肩の力が抜け、身体がほぐれていくのを感じる。それとともに気持ちも。

丁寧に髪を洗い、身体を洗ってから出てくると、用意されていた服に着替え、おずおずとボリスのもとにもどった。

夜もかなり遅くなっていたが、まだ起きているようだ。まあもともと、貴族というのは夜会に舞踏会にと、宵っ張りな人種ではある。

が、どうやらボリスはまだ何か仕事をしているようだった。

ジルがもどってきたのに気づいてうなずき、ソファへすわるようにうながすと、侍女に何かを命じた。

そして侍女が運んできたのは、大きな器に入った温かいシチューだった。

「食べなさい」

言われて、ジルは死ぬほど腹が減っていたことに今さらに気づく。

とはいえ、がっつくような真似はプライドが許さなかった。……つまらない意地だとは思いつつ。

「なんでもするんだろう？」

しかし反抗的なジルの眼差しに、ボリスが喉で笑うようにして言う。

確かに自分が口にしたことを指摘され、ジルはムッ…としたままスプーンをとった。

そして一口、口に入れるともう止まらなくなっていた。

こんなまともな食事も――何年ぶりだろう。

おいしい……のだろうが、ほとんど味もわからないくらいだった。

夢中になってジルが食べている間、やはりボリスは仕事を進めていたようで、……そんなふうに無関心、ではないのだろうが、気にしていない様子でいてくれることがありがたかった。

しかしそんなことも、食べ終わって一息ついてから気がついたくらいだ。

あ…、と我に返るように、ちょっと気恥ずかしさを覚えつつボリスを眺めると、男は仕事に一段落つけたようで、広げていた書類の束をまとめて丸め、机の引き出しに放りこんだ。

「さて」

そしてどこかのんびりとした様子でつぶやくと、ボリスは着ていたガウンを脱ぎながら、奥のドアを開き隣の部屋に移る。

……寝室、だろうか。

ドアのところでふり返って、いくぶん意味ありげな笑みを見せた男を、ジルは思わずにらみ返すように見つめる。

できるのか？　と聞かれたみたいな気がして。

それに苦笑して、ボリスが言った。

「おいで」

そしてそのまま隣の部屋に男の背中が消えるのを見送ってから、ジルはゆっくりと立ち上がった。

さすがに少し強ばっていた足を動かして、ジルはそっと開いたままのドアを入る。

隣はやはり寝室だった。天蓋(てんがい)のついた重厚なベッドが部屋の大半を占めている。

ボリスは脱いだガウンをカウチに放り投げ、ベッドの端に腰を下ろすと、指だけで来るようにジルをうながす。

ジルは小さく息を吸いこんだ。

やっぱり…、やることはやるわけだ。

当然だった。タダで病人の世話をし、食べ物を恵んでくれるはずもない。

ゆっくりと男に近づいたジルは、その目の前で床に膝をついた。

これから何をされるのか――はわかっていたし、何をしなければならないのかも知っていた。

無意識に震える手に力をこめて、男の股間を探ろうとする。

が、ふいに伸びてきた男の両手が、ジルの頰をすくい上げるようにして上向かせた。

えっ…？　と視線を上げたジルの髪を、男の指が優しく撫でる。

「君は…、ずっとお姉さんを守ってきたんだね」

低く、ただ静かに言われた言葉が耳に落ちた瞬間、ジルは一瞬、息が止まったような気がした。

身体が小刻みに震えてくる。

ずっと――守ってきたつもりだった。決して十分ではなかったけれど。

それでも必死に、守ったつもりだったのだ。

誰のためでもなく、誰かに認めてもらうことでもない。

それでも――。

頭の中が真っ白になって、何か……熱いものが喉元までこみ上げてくる。

急激にまぶたが焼けるように痛くなる。

「あ……」

呼吸ができなくなったように、ジルはあえいだ。

「今まで一人でよくがんばったね」

そして続けてささやくように言われた言葉に、ジルの中でギリギリまで来ていた何かが一気に溢れ出した。

自分でもどうにもできなかった。どうなったのかもわからない。

何かが破れたみたいに、叫び出すみたいにして、ジルは泣き出していた。

無意識に男の腕にしがみつき、喉が裂けるような声を上げてて。

おそらく、父が死んでから初めてだったのかもしれない。

父が捕らえられた時も、死んだと聞かされた時も、現実味がなくて……ただ呆然とするばかりで。

そして次の瞬間から押しよせてきた容赦のない現実に、泣く余裕さえもなくて。

一番幼かったジルを、母と姉とが必死に守ってくれていたのだろうが、ジルにしても守ろうと必死だった。自分は男なのだから。

しかし結局は無力なことは、自分が一番よくわかっていた。

その悔しさと憤り（いきどお）と——それでも自分のしてきたことをわかってもらえた喜びと。安堵（あんど）。

何もかもがぐちゃぐちゃになったまま、ジルは泣き続けていた。

そしてそのまま、泣き疲れるようにして眠ってしまったらしい。

目が覚めた時、雨はやんでいて——窓の外では日がかなり高く昇っているのがわかって、ジルは反射的に飛び起きた。

働いていた宿屋では、日が出る前に起きて仕事につかなければならなかったのだ。

だがすぐに、自分のいるのが安宿の物置部屋ではないことに気づく。

どこか懐かしい……やわらかくて、温かくて、優しい場所――。

ジルはベッドで、ボリスの腕の中に抱かれたまま眠っていたのだ。

男の寝顔を呆然と眺め、とっさに、まずい…、と思った。

今、この男に面倒をかけ、放り出されるようなことになったら、姉は助からないかもしれない。

「ああ…、おはよう」

しかしジルがあせっている間に男も目を覚まし、あくびをしながらなんでもないように口を開いた。

「お姉さんの様子を見ておいで。そのあとで一緒に食事にしよう」

そして眠そうな顔のままでさらりと言われて、ジルはようやく姉のことを思い出し、あわてて起き上がった。

「あの…」

部屋を飛び出そうとして、扉のところでふり返る。ちょっとためらったが、ジルはなんとか言葉を押し出した。

「ありがとう……ございました」

姉のことも、そして、ゆうべの自分のことも。

素直に口にすることができた。

ゆうべの自分の醜態は、思い出しただけで恥ずかしかったけれど。

……たとえ何か目的があったにしても、この男が姉を助けてくれたことは事実で。

しかしなんでもないはずの――あたりまえとも言

えるジルのその言葉に、ふっとボリスが顔をゆがめたような気がした。

どこか――つらそうに。

なんだろう…、と思ったがそれも一瞬で、すぐに穏やかな笑みにかえり、いや、と短く答える。

「ガルシアに顔を出すように伝えてくれるかな？ ここに泊まっているはずだ。……ああ、ゆうべ馬車で一緒だった男だよ」

そしてついでのように言付けられて、はい、とジルはうなずいた。

3

「御前」

ふいに呼び掛けられた声に、ボリスはふっと我に返った。

「ああ…、ガルシアか」

いつの間にか男が一人、戸口に立っている。

四十代なかば。がっしりとした、いかにも武人といった体格で、貫禄のある髭が頬から顎を覆（おお）っている。

ボリスより二十歳ほども年長の男は、かつて父の腹心の部下であり、今ではボリスに仕えていた。

とはいえ、まだまだボリスが教えられることの方が多かったが。

ジルが呼んでくれたのだろう。

「ゆうべはあの雨の中をつきあわせて悪かったね」

ベッドに半身起こしたままだったボリスは、言いながらベッドを下り、イスにかけてあったガウンを羽織る。

「いえ…、間に合ってよかったと思いますよ。あのままだと、ヘタをすれば姉の方は衰弱して死んでいたかもしれませんから」

「そうだな…」

　ボリスは思わずため息をついた。

　だがそれ以前に、身体を壊すほどの生活だった、ということでもある。

……想像できないわけではなかったが。

　事件のあと、逃げるように田舎へ行ったと聞いていたが、もどってきていたようだ。そちらの家も追い出されたということだろう。

「大変な生活だったのだろうな…」

　子供たちにはあまりにも過酷な、大きすぎる変化だったはずだ。過去も未来も、優しい思い出も、当然手にするはずだった明るい将来も、徹底的に踏みにじられて。

「御前の責任ではございませんよ」

　知らず独り言のように口にしていたボリスに、ガルシアがなだめるように言う。

　その言葉を咀嚼(そしゃく)するようにしばらく考えていたボリスだったが、やがてそっとつぶやいた。

「……いや。私の責任だろう」

　四年前――。

　あまりにも力が足らなかった。稚拙(ちせつ)な対処しかできなかった。

　本当は姉弟の父親が死んだあと、すぐに残された家族を捜そうと思ったのだ。

　だが、父からは冷然と叱責を受けた。

　――出来不出来はあろう。だが我々にすんだ事案に関わっている余裕などないはずだ。そのような感傷を引きずっているようでは、まだまだおまえも甘すぎるな。

国のため。国王陛下のため。

過去を……失敗をふり返っている時間はないのだ、――と。

それでも四年前の「血の枢機卿」の事件は、ボリスにとって初めて任された「任務」だった。

それだけに、父が言うように、過去の記録としてしまいこんでしまえるものではなかった。

病で父が亡くなってすぐ、ボリスは残された家族の行方を捜させた。そして数日前、ようやくガルシアが二人の居場所を確認したところだったのだ。

「どうされるおつもりですか？　彼らに……話されますか？」

しかし静かに尋ねてきたガルシアに、ボリスは無意識に拳を固めたまま、答えることはできなかった――。


それから数日、ジルが何か見張るように自分の動きを目で追ってきているのにボリスは気づいていた。

やはり用心しているのだろう。

とりわけ、姉に近づかないかどうかを。

最初の晩、ジルが口にした言葉の意味は、もちろんボリスにもわかっていた。

つまり身体の相手であれば自分がするから――、ということだ。

まだ十歳の子がそんなふうに生きてきたのか…、と思うとさすがに驚き、胸が痛んだ。

ジルにとっては通りすがりの男に拾われたわけで、目的もわからず、困惑しているのだろうと思う。

すぐに人が信じられないのも理解できた。きっと今までさんざん裏切られ、つらい目にあってきたはずだ。

　だからボリスは、あえて姉には近づかないようにして、代わりにジルをさりげなくかまうようにしていた。

　フリーダの見舞いに顔を出す場合も、必ず昼間、侍女のいる時を選び、ジルには手紙の口述筆記をさせたり、身のまわりの手伝いをさせたりと、仕事を与えるようにした。

　馴れないネコのように全身で警戒しつつも、やはり姉の体調がもどるまでは館を出るわけにいかなかったのだろう。

　ジルは必死に館の仕事を手伝っていた。

　フリーダはやはりここ数年の無理がたたったのか、しばらくは体調がもどったり、悪くなったりという繰り返しだった。

　が、それでもひと月ほどが過ぎて、ようやく安定してきた頃、ジルがあらたまった表情でボリスのもとにやって来た。

「このまま…、下働きでここに置いてもらうことはできませんか？　姉だけでもかまいませんから」

　ジルにしてみれば、まったく見ず知らずの他人の家でいつまでも世話になることはできず、姉の具合がよくなるまで、というつもりだったのだろう。

　だがここを出て、また姉を以前のような環境の悪い場所で働かせるのはやはり苦しかったようだ。

「姉なら…、きっとこちらのお屋敷で働かせてもらっても恥ずかしくはないと思います」

　必死にそう訴えてきたが、ジルにとっても勝算はあったはずだ。

　頭のいい子だと、このひと月でボリスにもわかっていた。

　実際、フリーダくらい見目のいい侍女がいることは、貴族の館にとって悪いことではない。容姿だけでなく教養もあれば、なおさら主人の格を上げる。

しかしボリスはそんなジルの言葉に、おやおや…、とちょっと驚いたふりで苦笑してみせた。

「今頃そんな言葉を聞くとはね。私は君たちの後見人になったつもりだったんだが」

手を伸ばし、指の甲で軽くジルの頬を撫でて、さらりと言う。

それに、ジルが大きく目を見張ってとまどったようにつぶやいた。

「後見人…？」

「君たちはもともといい生まれのようだね」

何気ないように言ったつもりだったが、わずかにジルの表情が強ばった。

素性を悟られないかとあせったようだ。

「そ…そんな……、どうして……？」

動揺し、視線をそらせたジルに、ボリスは静かに続けた。

「君もフリーダも、むしろ人を使うことに慣れているよ。言葉遣いも物腰も、きちんとした教育を受けてきたのがわかる。読み書きもしっかりしているしね」

そんな指摘に、ジルは何も返せずに口ごもった。

おそらく今までは、そのことが逆に、雇用主や他の使用人たちから嫌がらせを受ける原因にもなっていたのだろうと思う。

――気取ったしゃべり方をしやがって。おまえ、何様のつもりだっ！

――ガキのくせに、ちょっと読み書きできるからってそれが何になるっ？

そんなふうに。

生まれや育ちの違いは、意識しなくても、何気ない言葉遣いや日常の仕草に出る。

そして自分たちとの違いを、敏感に感じとるのだ。

「何か事情があって今の境遇になったのだろう？」

「それは…っ」

穏やかに言ったつもりだったが、ジルは顔色を変えて声を上げた。

小刻みに身体も震え始めている。

さすがにまだ、自分たちの父親のことを告白する勇気はないようだ。

あるいは、もう思い出したくないのか。過去は捨てたつもりなのか……。

だとしても、責めることはできない。

「ああ…、いや。無理に話すようなことじゃない。聞くつもりはないよ」

ボリスはあっさりと手をふって、軽く流した。

「ただ…、だから君やフリーダのことは、使用人というよりも話し相手（コンパニオン）として引き取ったつもりだった。食事も一緒にしているだろう？」

執事を始め、館の使用人たちにもそう伝えていた。

やわらかく笑うように言うと、ようやくハッと気づいたようにジルが目を見開いた。

ボリスが館で食事をする時には、朝も夜もジルを同席させており、フリーダも、体調のいい時には一緒だった。

だが普通の使用人なら、主と同じテーブルにつくことなどあり得ないのだ。

「フリーダの具合もだいぶん安定してきたようだし、そろそろ家庭教師をつけようかと思っていたところだよ。フリーダにも、ジル、君にもね。……まあ、手が空いている時は、執事の仕事を手伝ってもらえるとありがたいが」

そう言って微笑んだボリスに、ジルが何かをこらえるように指を固く握りしめた。

「ありがとうございます……」

そして、震える声で頭を下げる。

しかしそれを、ボリスはどこか息苦しい思いで見つめた。

本当は礼を言われるようなことではない。

自分が、あやまらなければならないのだ。

……あやまって償えることではなかったにしても。

4

拾われた翌朝、ボリスのベッドで目が覚めて……

先に言われた通りガルシアを捜して伝言を伝えてから、ジルは急いで姉のいる部屋に向かった。

姉のことは心配だったが、それでもジルの気持ちはどこか心地よく、落ち着いていた。

大丈夫――。

なんとなくそう思えたのだ。

ひさしぶりによく眠れたからだろうか。そのことにも、我ながら驚く。

実際、あれほどぐっすりと、死んだように眠ったことはここ数年なかった。

それまで固く冷たい寝床しかなかった、というだけではない。いつも、どこにいても気を張りつめていて。

兵たちが突然家に乗りこんで来て父を連れて行った日のことを、何度もくり返し夢に見ていた。夜中に飛び起きることもしょっちゅうだった。

だがゆうべは……安心、していたのだろうか。

あの男の腕の中で。

初めて会ったばかりの、まったくの見ず知らずの他人で、しかも身分も違う。……むしろそれは、ボリスの方にとってこそ、なのだろうが。

浮浪者のような自分たちを拾っただけでなく、あんなふうに自分のベッドで寝かせるとは。

無防備すぎる…、と子供心にもジルは顔をしかめたものだ。

素性も知れず、寝首をかかれることだってあり得るのに。金目のものを盗んで逃げるとか、跡を残さないために放火することだって。

正直なところ、ジルにしてもここ数年はまっとうな生き方だけをしてきたわけではない。働いていたところを逃げ出す時には、賃金代わりに金目のものを持ち出したようなこともある。

ボリスは、いわゆる慈善家というのとも違っている気がした。

たまに貧民街や教会の前で、貴族が金や食べ物を配るようなことはあったが、ジルたちは群がる人々を横目に見るだけだった。つまらないプライドだとは思うが、やはり幼い頃の暮らしを考えると、そんな中に入ることができなくて。

しかしそれも、主人である貴族の名を連呼しながら使用人たちがばらまいているだけで、教会や民衆に対する人気とりでしかない。

ゆうべのように、あんな雨の夜に子供を助けても誰が見ているわけでなく、何の得にもならないはずだ。

しかも泣いている子供を抱いて寝るようなことは、まったく意味がないと思うのに。

……そういう趣味がある男ならともかく、だ。

ジルとしては、姉が助かるのなら、そのくらいの対価は覚悟していたつもりだった。が、手を出された感触もない。

　ジルが顔を出した時、姉は目覚めていて、まだ身体を起こせるほどではなかったが、ジルの顔を見るとホッとしたように微笑んだ。

　侍女が食事を食べさせてくれていたようで、そのことにも安堵する。

　一晩中ついていた侍女とも、年が近かったせいか打ち解けているようだ。

　その和んだ空気に、ジルはさりげなく主のことを尋ねてみた。当たり障りなく、どんな方ですか、というくらいに。

「そうねえ…、先代の旦那様は少し厳しい方だったんだけどね。ボリス様はずいぶんと気さくな方よ。確かにちょっと変わっていらっしゃるけど」

　彼女はクスクスと笑いながら、そんなふうに答えた。

　その表情からすると、恐ろしい方向にヘンなわけではなさそうだ。

　だが、確かに変わっている。……気がする。

　なにしろ自分たちのために、わざわざ家庭教師を雇ったくらいだから。

　歴史や外国語や礼儀作法。音楽。乗馬。ダンスまで。

　それにくわえて、ジルは剣術を習うようになった。

　師となってくれたのが、最初に会った夜、ボリスと同伴していたガルシア・ドメネクという男だった。

　ガルシアにはキリアンという息子がいた。ジルよりも二つ年上で、ちょうどいい練習相手ということだったのだろう。

　キリアンとともに、館の庭で毎日のように鍛練を重ねた。

　ガルシアは長剣はもとより、二刀使いの達人であり、ジルもそれを習っていた。

長さの違う二本の剣――一般的な長剣よりも少し短めの剣と、わずかに長めの短剣を使う。

しかし軍や近衛士官の中でも二刀使いの者はほとんどおらず、「中途半端」という誹りも受けていたようだが、ガルシアの技量は卓越していた。

「要はモノにできるかどうかだ。なんでも極めるのは難しいがな」

あっさりとそう言い放ったガルシアは、その技をジルに教えこんだ。

「この剣は剣舞を舞うくらいの動きがいる。力じゃない。なによりもバランスと振りのスピード、それと相手の動きを見切る…、先を読む目だ」

キリアンも二刀使いを父親より学んでいたが、むしろ長剣の方が得手のようだった。

「こいつはリズム感がねぇからダメなんだよなァ」

「オヤジは後継者ができてご機嫌なんだよ」

父親の容赦のない評価に、キリアンは肩をすくめて笑っていたが。

ボリスはそんな庭での練習風景を時折、テラスからおもしろそうに眺めたり、時折は姉のダンスの練習相手になったりしていた。

姉弟にとってはかつての生活がもどってきたようで……いや、昔以上に高度な教育を受けていたのだろう。

剣技などは、本当なら自分には必要なかったはずだ。

今の状況でもそれほど必要があるとは思えなかったが、……そう、なぜボリスは自分に剣を学ばせているのか、ちょっと疑問ではあった。

将来的に、ジルを自分の警護に当てるつもりなのか、あるいは単に教養の一つとしてなのか。それとも先々、ジルを軍か近衛隊へでも推薦するつもりなのか。

もっともジルとしてはありがたかった。

将来この家を出ることになった時に、剣が使えれば姉や自分の身を守ることができる。

この館での生活は、それまでからすれば信じられないくらい落ち着いた、幸せなものだった。

館の使用人たちも、あたりまえのように二人を受け入れてくれた。

そういう空気がこの館にはあった。

使用人たちを見ていると、そこの主人のことはだいたいわかる。今までジルが働いていたところでも、使用人がおどおどと怯(おび)えていたり、ひどく怒りっぽかったり、下の者に対して高飛車だったりするところは、やはり主人の気質に問題があった。

ボリスは、使用人に対して厳しい主人ではないようだ。むしろ執事や女中頭(ハウスキーパー)の方が厳しいくらいで。

時折、ボリスがくどくどと説教されたり、子供みたいに叱られているところを見かけるくらいで、なめられてるんじゃないのか…？　とちょっと心配になる。

だがジルにとっては、なによりも姉が落ち着いて暮らしているのに安心していた。

このまま……姉が過去を忘れて幸せになってくれれば、と思う。

姉も自分も父親の無実を信じていたが、それは自分たちの受けた痛み、苦しみと相まって、他人への恨みに変わることがある。

本当の犯人だけでなく、父を罪に陥れた人間、そして父を罪人だと決めつけた人間、すべてへの。

そして人を恨むことは、それだけで大きな心の重荷になる。どろどろと苦しい。

父を忘れる必要はない。
だが父の無念を覚えているのは、自分だけでいい
――。
そう思った。

そうして一年がたち、二年がたって、館での暮らしにも慣れ、ジルは習い事の合間にだんだんと自分の仕事も見つけられるようになっていた。

文字の読み書きができたので、執事の仕事を手伝って事務的な手紙を処理したり、使用人の給料や日常の支払いを計算して会計の帳簿をつけたり。

エストラーダ伯爵であるボリスには地方に領地もあり、そちら関係のことはたいてい執事が処理していたが、その補佐だとか。

さらにジルは、ボリスの私的な秘書のような仕事もするようになっていた。

社交的なつきあいの調整とか、招待状の返事を書いたり運んだり。あるいはたまに、仕事上で必要な資料に目を通してまとめてみたり。

とはいえ、館での仕事はそれほど大変なものではなかった。

ボリスは結婚しておらず、そういう意味では館を訪ねてくる客は少なかった――のだろう。

館で華やかな夜会や茶会などを催すようなこともなく、せいぜい数人の友人たちを食事に招くくらいだ。身分のわりに地味な生活と言える。

そして三年ほどがたつと、ボリスは姉を社交界にお披露目し、宮廷や他の貴族たちの主催する舞踏会などへと連れ出すようになっていた。

十七歳になっていた姉は、弟の目から見ても美し

く、与えられた教育に磨かれて、生まれながらの貴族の令嬢と比べても遜色ない気品と教養を身につけていた。

ボリスの横に立ってもおかしくない……その位置にふさわしい女性だ。

ボリス様は――姉を愛しているんだろうか……？

一人の女性として。

喜ぶべきことのはずだった。姉にとっても。

ボリスがどういう男かはわかっている。

初めの頃はいろいろと疑ってもみたが…、今までの恩を盾（たて）に何かを要求されたことはなく、結局のところ好意で自分たちを引き取ってくれたのは間違いないのだろう。

……まあ、多少の得体の知れなさを感じることはあったが。

館を訪れる「客」の中には、正直、よくわからない人間も多かった。

やけに目つきが鋭い軍人だったり、奥向きの高級侍女といったふうな女だったり。やたらと陽気な建築士や、日がな一日書類とにらめっこしていそうな、陰気な尚書（しょうしょ）省の下級役人。かと思えば、下町で飲み屋のオヤジをやってそうな男がふらりと訪ねてきたり、浮浪者かと思うような男と庭先で話していたこともある。

身分や役職もバラバラのようで、ボリスとどういう関係があるのかまったくわからなかった。

そもそもガルシアなども、近衛士官ではあるが身分的には低く、ボリス――もともとは父親の部下だったと聞いたが――と職務上の接点もないはずだ。

友人だよ、と言われてしまえばそれ以上問いようもなく、……もっとも、なんでもおもしろがるボリスのことだ。幅広い交友関係があっても不思議ではないのだが。

あるいはそういう酔狂さがあの日ジルたちを救ってくれたのだとしたら、感謝すべきところでもある。

館ではだらしなく一日中ガウン姿でいることも多いし、偏食気味でもあるし。時々、出仕拒否というのか、宮廷へ出るのをぐずる時もある。すぐに田舎の別荘へ逃げて、ボーッと非生産的に釣りで数週間ほど潰してみたり。それこそ、その酔狂さが裏目に出てやっかいごとに巻きこまれることもある。

一度など殴られたらしいケガをして帰ってきて、驚いたがどうやらケンカの仲裁に入ったようだ。

そんな感じで、非の打ち所がない、とはとても言えないが、しかし客観的に見て、ボリスは姉の伴侶として問題はないはずだった。

いつもおっとりと穏やかで、高圧的だったり暴力的だったりすることもなく、癇癪持ちでもない。ヘンな性癖もない。……多分、だが。

もっとも、初めから姉の美しさに目をつけて自分好みに育ててみた——ということであれば、このむっつりスケベオヤジめ…、という気はするが。

デラクアの家は、カラブリアの筆頭公爵デ・アマルダ家の一族であり、本家とも比較的近い親戚関係にある。

この時、すでに三十になろうとしていたボリスには親戚中から降るように縁談が持ちこまれていたようで、姉を連れまわすのも、あるいはその牽制と、将来的なお披露目の意味があるのかもしれないな…、とジルは推測していた。

姉については、ボリスはまわりに「親しい友人のお嬢さんを預かっている」と説明しているようだった。

もともと社交的なつきあいをめんどくさがってい

るボリスだけに、姉を連れてあちこちの集まりへ顔を出すのは、どことなく自慢げに見せびらかしているようでもある。

そしてその姉を目当てに、館には時折、若い貴族が訪れるようになっていた。

しかし誰かに夜会やら芝居やらに誘われても、姉は必ず「おじ様のお許しがなければ」と答えていたので、勢いボリスへご機嫌うかがいにくる貴族の子弟たちが増える。

タチが悪いな…、と、ジルはため息をついてしまった。

ボリスが始めから姉を自分の妻にするつもりなら、若い男たちが競うように姉に群がってくるのを眺めて楽しんでいるわけだ。

端(はた)からでも、ボリスが姉を溺愛しているのはよくわかった。

髪飾りや帽子や、ハンカチや、あるいは宝石や…、よく土産(みやげ)に買って帰ってくる。

「わたくしのためにこんなに無駄遣いをされてはいけませんわ」

ただでさえ、姉弟そろって面倒をみてもらっているのに、と、困った姉の方がたまにいさめていたくらいだ。

もっともボリスはてらいもなく、

「私がきれいに着飾った君を連れて歩くのが楽しいからね」

と言っていたが。

「フリーダはきれいな髪をしているね。肌もきめが細かくて美しいし。化粧の必要がないくらいだよ」

ダンスを褒(ほ)め、刺繍(ししゅう)の腕前を褒め、目を細めてそんなふうに容姿を褒めるのを、ジルはよく聞かされた。

……もちろん、うれしくないわけではない。実の姉だ。

そう思うのに、ジルはなぜか、胸に鋭い痛みを覚えていた。

その思いがなんなのか——多分、気づいていたのだろう。

ただ、知らないふりをしていただけで。

知らないふりをするしか、他にどうしようもなかったのだ——。

そして十五歳になったくらいから、ジルもボリスの宮中への出仕に随行(ずいこう)するようになっていた。

ボリスは宮内府の式部(しきぶ)省に属する高級官吏の一人で、ふだんは下級官吏や専任の執務官任せで、さほどいそがしくはない立場だが、冠婚葬祭などの大きな儀式の際にはそれなりに働いているようだ。

というか宮中行事は日々の定例のものから、月々のもの、季節ごとのもの、数十年に一度の本当に特別なものまで数多い。中でも大きな典礼の場合には、正式なしきたりを調べ、過去の記録に当たって細かく準備をし、滞りなく行うのが職務になる。

ちょうどこの頃、先代のカラブリア国王が長い治世ののちに逝去し、王太子だったマンフリート一世が即位した。その葬儀から戴冠式まで、めまぐるしいような儀式の連続だったのだ。

ボリスは宮中での役職も父親の跡を継いでおり、まわりの高級官吏たちはボリスより職歴が長い年配の貴族が多かった。例によって、若輩者のもとに面倒な仕事がまわってくるわけである。

ボリスを手伝って、すさまじくいそがしい日々だったが、ジルはそんな毎日が嫌ではなかった。

楽しかった、と言ってもいい。

朝から晩まで、ほとんど一日中、ボリスと一緒だった。

調べものに追われ、各府、各省との折衝や打ち合わせ、備品の確認や手配に追われ。

ボリスが苦手な相手との交渉をすっぽかしたフォローをしたり、なだめすかして会合に行かせたり。仕事に飽きて逃走を図ったボリスを捜しまわって、連れもどしたり。

一つの街ほどもある広大な宮中を一人で捜すのは不可能で、初めの頃はジルもあせっていたが、だんだんとボリスの逃げる先も推測できるようになっていた。

お気に入りの庭だとか、図書室だとか。あるいは、気の合う友人のところだとか。

ガルシアとキリアンの親子も、式典での近衛隊の配置や人数などの確認で、時折宮中のボリスの執務室を訪ねてきた。

なるほど、こういう仕事だと他の多くの部署との関わりもできるんだな…、と納得する。

サボることも多かったが、ボリスの仕事ぶりは効率的だった。きちんと帳尻を合わせている、というのか。

先々に必要な折衝などを気がつかないうちにとりまとめていることもあって――要(かなめ)になる人物と、ほんのちょっとした立ち話や、合間にお茶を飲みながらの世間話で根回しをすませるのだ――いつの間に…、とジルが驚くことも多い。

一度など、典礼用に省内で保管されていた宝石類がいくつか消える、という事件が起きた。

保管場所を考えても内部の人間の仕業としか思え

ず、そこで働く誰も彼もが疑われて、省内は騒然となっていた。

新参だったジルにも容疑はかかったが、一番疑われたのは出入りする下級官吏たちだろう。

連日、厳しい取り調べが行われ、ほとんど決めつけてかかるようなやり方に、下の役人たちは震え上がっていた。

もちろん他にもれたら式部省の面目は丸潰れになる事態で、当然、誰かの責任問題にはなる。

省内は浮き足立ち、ジルもボリスの立場を密かに心配していたのだが、ボリスはその騒ぎを他人事のように眺めていただけだった。

困ったものだね…、と軽く眉をよせるようにして。

ただこっそりとキリアンを呼んで何かの指示を出していたようで——数日後、いつの間にかその宝石はもとの場所にもどっていた。

結局勘違いで盗難事件はなかったこととされ、前国王の葬儀が終わったあと、式部省の長官だった伯爵が突然の辞意を表明し、当然後継者にするつもりだっただろう息子とともに宮廷を去った。

あとから、その息子がこのところ賭博に溺れており、女性への暴行や部下への暴力などが頻繁だったと噂になって、口には出さないものの、誰もが彼が盗難事件の犯人だったのだと察したものだ。

「ボリス様が何かされたんですか？」

事件のあと、何度か長官とコソコソと二人で話していたボリスにジルは尋ねてみたが、さあねえ…、ととぼけられるばかりで。

しかしなんとなく、ボリスが裏で調査して処理したんだな、という気がした。

目端が利くというのか、案外、有能なんだな…、とちょっと感心する。

仕事への熱意がさほど見られず、ふだんがのんびりと与えられた職務だけをこなしているせいか、まわりにはそれほど評価されていないことがちょっと悔しいくらいだ。

……大貴族が関わっているせいだろうが、こういう事件を表沙汰にしないのは、少しばかり事なかれ主義的な気がして、ジルとしてはいささか納得できなかったけれど。

そんなふうに、キリアンに言わせると、「愛と欲望が渦巻き、権力をめぐる駆け引きと陰謀が日常茶飯事」な宮中だけに、ジルの知っているところでも知らないところでも、毎日いろんな事件は起きているようだ。

しかしそんなつまらない駆け引きのおかげで、仕事はさらに複雑さを増す。

そして仕事がいそがしい分、宮中にいても特別な客と会う予定がなければ、毎日の身だしなみに手を抜きがちになっているようで、このところボリスの無精髭が目立ち始めていた。

「みっともないですよ」

と、ジルがずけずけと指摘すると、顎を撫でてためつすがめつ鏡を見ていたボリスは、なんとそのまま顎髭を生やし始めた。

「貫禄がつくんじゃないかな？」

「オヤジくさくなるだけじゃないですか？」

伸びかけの髭にまんざらでもなさそうに言うのに、ジルは冷ややかにコメントしたが、ある程度伸びてきて見た目も馴染み始めると、……まあ、そんなに悪くはない。気もする。

貫禄とまでいかなくても、どこか落ち着いた大人の物腰を感じさせる、というのか。

見飽きるくらい見慣れている男なのに、こんなちょっとした変化にドキリとした。

「おまえはどっちが好きかな？」

「別に…、どちらでも」

何気ないように聞かれて、ジルはなんとなく気恥ずかしいような思いで素っ気なく答えてしまう。

「可愛くないね…、おまえは」

やれやれ…というため息混じりの言葉が、少し胸に痛い。

ボリスとしては、ただの軽口なのだろうけれど。

その状態でひさしぶりに館へ帰ってみると、最初慣れなくてどよめいていた使用人たちの評判もよく、口々に褒めていた。

……まあもちろん使用人の立場からすれば、主人の風貌をけなすわけにもいかないのだが。

「まあ…、おじ様。とてもお似合いでいらっしゃるわ。なんだか引き締まった感じで」

しかしそんなジルのひねくれた思いとは逆に、出迎えた姉などは無邪気に喜んでいた。

ボリスもその言葉に機嫌がよく、ジルはなんとなく……落ちこんでしまった。

やっぱり可愛くないんだろうな…、という自己嫌悪というのか。

姉のように素直に言えない自分にいらだち、しかし言ったところで何がどうなるわけでもない。

そんな、あきらめ。

「君は何か変わりはないかな、フリーダ？　いい子にしていた？」

ひさしぶりに会った姉の髪を優しく撫でるようにして尋ねるボリスの横顔から、ジルはとっさに目をそらしてしまう。

宮中で仕事をしている時は、もっと……自分たちの距離が近い気がしていた。

仕事を手伝える充実感と、役に立っていると感じる喜びと。

しかし館に帰ってくると、否応なく現実を思い知らされる。

「ええ、もちろんですわ、おじ様。きちんとお留守を守っておりました」

「旦那様のお留守中、サン・マルティン様や、デル・モラル様…、それにオルボーン様がよくお訪ねになっていらっしゃいました。お嬢様の退屈を慰めにいらしてくださったようで」

姉の言葉に、執事がすかさず報告する。

どうやら姉に執心している男たちのようだ。ボリスのいない隙に近づき、少しでも親しくなっておこう、という魂胆だったのか。

「ほう…。オルボーンはどのオルボーンだね？」

「エドアルド様です。フェランド伯爵のご嫡子の」

「なるほど…、あの男か」

ふぅむ、とボリスが顎を撫でる。チェックもかなり厳しいようだ。

オルボーン一族はカラブリアの名門貴族で、本家は代々のアルミラル侯爵だが、フェランド伯爵もその傍系にあたる名門だ。

よそへやる気もないくせに、罪なことをするな…、とジルは内心でため息をつく。

「お食事はどうなさいますか？」

この日、帰宅したのも夜遅かったが、確認した執事にボリスは首をふった。

「いや、もう休むよ。明日は起こさないでくれ」

それだけ言うと、大儀そうに自室へ入っていく。

「ひさしぶりにゆっくりと休めそうだな…」

　やれやれ…、と大きく身体を伸ばすボリスの寝支度を、そのままついていったジルは手伝っていた。

　なんとなく習慣というのか、宮中にいる間はジルが身のまわりの世話もしていたので、癖付いていたのだ。もちろん館では侍女にしてもらっていいところだったが、……そんなふうに近くにいられるだけでうれしかった。

「ジル、おまえも疲れた顔をしているね。なんなら、ひさしぶりに私のベッドで寝ていくかい？」

　着替えて、ベッドの端に腰を下ろしたボリスが、ちらっと見上げてからかうように言ってくる。

　ジルは赤くなった顔をとっさに隠すように背けてしまった。

「もう子供じゃありませんよ」

　そして必死に平静を装った声を押し出す。

　初めてこの館に来た夜——ボリスに抱かれて眠って。

　あの安心感が忘れられず、温もりが恋しくて……初めの頃、ジルは夜中にふと目を覚ましては無意識にこのボリスの部屋に来てしまって、ベッドに入れてもらっていたのだ。

　まだ小さかったからだ——、と自分に言い訳してみても、今思い出すと、暴れ出しそうなくらいに恥ずかしい。

「またすぐに宮中にもどらなければならなくなる。おまえもしっかり身体を休めておきなさい」

　とりあえず前国王の葬儀という大きな儀式を終えたものの、すぐに新国王の戴冠式というさらに盛大な式の準備に入らなければならない。つかの間の休息だった。

　そんな言葉に、はい、とジルは素直にうなずいた。

この館で、ボリスが姉にかまう姿を見ているより、いくらいそがしくてもその方がうれしかった。

……だからといって、何が変わるわけでもないのに。

じわじわと、何かが忍びよってくる気配を感じていた。

前王の崩御にともなって国中が喪に服している間は、おそらく貴族たちは晴れがましいイベントは避けるだろう。

だが喪が明けて、戴冠式が終わったら――。

その予感に、ジルはそっと目を閉じた。

それからひと月ほどで、戴冠式の準備は本格化し、半年が過ぎる頃にはまた宮中での泊まりが続くようになっていた。

とはいえ、そろそろこちらでの生活にも慣れ、息抜きの方法も覚えてくる。

……夜遊びのやり方も、だ。

貴族たちの恋の鞘当て(さや)が盛んな宮中で、下級官吏たちにしても、激務の合間にそのくらいの楽しみがなければやってられない。

どこどこの侍女がきれいだの可愛いだの落としやすいだのと、噂話もかしましい。

ジルは自分からそんな話の中に入ることはなく、しかし侍女たちや、奥向きの高い地位についているご婦人方や、時に同じ省内の貴族たちからも――色目を使われることはあった。

やはり姉とも少しばかり面差しは似て、いくぶん素っ気ない雰囲気だが、端麗な容姿のジルだ。

たいていは気がつかないふりで受け流していたが、

なまじ身分がある男だったりすると、強気に誘いをかけてくる場合もある。

そんな時は、にっこりバッサリと言い放っていた。

——いわく。

「出直していただけますか？　口元につけぼくろをするような男は趣味じゃないんです」

「申し訳ありませんが、あなたに尻を貸している暇がありませんので。前国王の戴冠式の際の招待客をすべてあなたがリストアップしてくださるのなら、一晩くらいかまいませんが？」

「ベッドにもママに付き添われて来るおつもりですか？　せめておしゃぶりがとれてからいらしてください」

どれだけ相手の身分が高かろうが、色恋沙汰のことだ。うかつに騒ぎ立てれば、「無粋」というレッテルを貼られるので、相手としてもおとなしく引き下がるしかない。

身も蓋もない、情け容赦ないそんなジルのはねつけ方を耳にしたらしく、ボリスがクスクスと笑っていた。

「あの毒舌はどなたの教育ですか、と聞かれたよ。おまえに言い寄るには、相当に心臓が強くなければいけないようだね」

嫌味の類だろうが、ボリスとしてはおもしろがっているようだ。

だがそれは、ジルが品行方正で遊んでいなかった、ということではない。

「初めて会った頃は俺のこともにらみつけてきてたしなー。毛を逆立ててる野良ネコみたいだと思ったもんだが……、こうやっておまえと宮中で会うようになるとはな」

深夜、ジルに与えられた部屋を訪れていたのは、キリアンだった。

終わったあとのベッドの中で、思い出したように言って男がひっそりと笑う。

「いつの話ですか」

ジルは気だるい身体を伸ばして体勢を直しながら、そっとため息をついた。

肩を覆うくらいに伸びていた髪が、汗で肌に張りついて少しばかりうっとうしい。

なんとなく、ジルは髪を伸ばし続けていた。

いそがしくて切る暇がない、という言い訳もあるが、……ボリスが姉の長い髪を褒めていたのが、やはり心に残っていたのだろう。

自分でもバカみたいだ…、と思う。

キリアンとは宮中で時折、こうした時間を持つ関係になっていた。

彼がふだん暮らしているのは近衛兵の下士官たちがいる宿舎なので、さすがに人目につきやすく、向こうの方からジルを訪ねてくる場合が多い。

キリアンに対しては恋愛という感情ではなかったが、……まあ、おたがいに若くもあり、好奇心もあり。気心の知れた相手で、めんどくさいことになる心配もなく、仕事に追われて発散できない部分を一緒に解消しよう、というくらいの、気楽な感覚だっただろうか。

——おまえに手を出すのはなぁ…。御前に知れたら、すげぇヤバイ気がするぜ……。

初めの頃、キリアンはいくぶん及び腰だったのだが、ジルはふん、と鼻を鳴らして言い放った。

姉に手を出すほどの問題はありませんよ——、と。

それでも、やはり若さゆえか、キリアンにしてもそんなスリルを楽しむ度胸があったようだ。

実際、姉に手を出すのはシャレではすまないが、ジルが相手ならいたずら坊主どものちょっとした火遊びというくらいで、知られても多少叱られるくらいだろう。

ボリスは、そうしたことに目くじらを立てる方ではないように思う。ボリス自身、気ままな独身生活を謳歌(おうか)しているわけで、それなりに遊び相手はいるはずだ。人妻相手か、お小姓相手か。若い侍女に手をつけるようなことはないと思う。

ジルは、あえて見ないようにしていたけれど。

「あ…、そういえば」

と、ふと思い出して、ジルは帰り支度を始めようと身を起こした男に問いかけた。

「キリアン、あなたＵＯの文字が入った紋章に心当たりがありませんか？」

「……ＵＯ？」

肩からシャツを引っかけたキリアンが、ふっとふり返って首をかしげる。

「ええ、ボリス様がお持ちだったんですけど。中央に丸い目のような模様と…、ええと、鳥の羽のようなものをあしらった意匠で」

装飾的なその紋章が入った革張りのケース……、書類などを入れておくようなものだろうか。それと、中には同じ紋章が透かしで入った便箋(びんせん)。セットのようだった。

それをボリスの机を片づけていて見つけたのだが、ジルは今まで見たことのないものだったのだ。

デラクアの家紋ではなく、文字も違う。

なんでこんなものがあるのだろう…、とちょっと気にかかっていた。

ふだん使いの便箋なら、もちろん自分の家の紋が入ったものを使うはずだ。

ボリスの交友関係にも思い当たらず、キリアンなら、ジルの知らないボリスの職務上の人間関係も知っているようだし、心当たりがあるかと思ったのだが。

「いや、知らないな」

しかしキリアンは肩をすくめるようにして、あっさりと答えた。

「誰かからもらったのをメモ代わりに使ってるんじゃないのか？」

さらりと言われて、……まあ確かに、そういう可能性もある。

ただ、だったらもう少し頻繁にジルが見かけていてもいい気はするが。

この間はうっかり出しっぱなしだったようなのが少し引っかかったが、だから何が問題だというわけでもない。

そんなことよりも、今、目の前の仕事もある。

5

そうですね、と切り上げて、ジルはベッドの端に腰掛けてズボンを穿(は)いている男の背中に声をかけた。

「ああ…、明日は――いえ、もう今日ですね。朝一で戴冠式の際の、近衛隊の警備配置の書類をまわしてください。大聖堂での分です。遅れてますよ」

えっ？　とあせった表情で男がふり返る。

「……それを今からやれってか？」

どこか恨みがましい目でにらんできた男に、ジルはにっこりと微笑んだ。

「すっきりしたところで一仕事お願いします」

「ジルが？　……目敏(めざと)いな」

キリアンからその話を聞いて、ボリスはわずかに眉をひそめた。

そういえば先日、報告書を上げるのにその便箋を使って、うっかり机に置きっぱなしだったことを思い出す。

とはいえ、入れていた書類ケースは落ち着いたなめし革にほとんど同系色の、ほんの小さな紋章が入っていたくらいの地味な外装だ。積んであるたくさんの書類や、書簡入れにまぎれてしまうくらいの。

「ジルを御前の秘書官として使うのは少し危険ではありませんか？　いつまでもごまかせませんよ」

「そうだな…。しかしあれだけ有能な子もいないからね」

キリアンの忠告はもっともだったが、ボリスとしても手放しがたい。

ジルの能力も、だが、やはり側で毒舌を飛ばしながらもテキパキと動いているジルを見ているのが……、小言を食らいながら世話を焼いてもらうのが、妙に楽しい。

拾った頃はすっぽりと腕の中に入ってしまうくらい小さかったのに、いつの間にかすくすくと背も伸びて、今にも肩を並べられそうだ。

人一倍警戒心が強いくせに、そしてギリギリまで我慢していたのだろうが、たまらなくなってボリスの部屋に夜中、こっそりと忍びこんできて。

泣きそうな顔で……不安そうに、様子をうかがうみたいにして。

気がついて、おいで、と布団の端を上げてやると、パッとベッドにもぐりこんできた。

本当なら、もっともっと、甘やかされて育てられていいはずの子供だったのだ。

ジルの有能さはすでに宮内府でも評判で、そしてその容姿や言動も耳目を集めているようだった。

下働きの侍女たちには丁寧で優しく接し、同僚の官吏たちには公平で、常に冷静、的確な対応で。目上の貴族に対しても媚びることなく。期限の遅れや書類に不備についても、きっちりと意見する。

声をかけられないままに遠くで騒いでいる侍女たちや、あの取り澄ました顔を泣かせてみたい、という欲求を募らせている男たちも多いようだ。

ボリスには噂話やら、遠回しな皮肉やらが耳に入ってくるくらいだったが、言い寄ってきた相手を袖にする時のひどく辛辣な毒舌は、いったい誰が教えたのだろうか。

……あるいは日々、自分の世話をしているうちに、自然と身についてしまったのかもしれないが。

だがそれも、ジルらしくて小気味よいと思う。

ボリスは、自分が扱いにくい人間だということはわかっていた。

人当たりはよく、つきあいにくくはないはずだが、……そう、まわりの人間にとっては、いささかやっかいかもしれない。

ふいに姿を消したり、逃亡したり。つきあう人間の身分もさまざまで、かなり自由気ままに見えるだろうから。

それでもジルの手をわずらわせるのが楽しくて、あえて怒らせるようなことを、ボリスは一日に一度くらいしてしまう。

そう…、側近くに置けば置くだけ、知られる危険が増すことはわかっていたが。

普通以上に頭が切れ、判断力も想像力もある子だ。

「でしたら、もう少し用心されませんと」

「気をつけよう」

キリアンのいくぶん緊張した声に、ボリスはうなずいて答える。

確かに、いきなりジルにそんなことを問われると、キリアンとしてもちょっとあせったのかもしれなかった。

もっともキリアンは、実直な男だが嘘がつけないわけではない。というより、嘘がつけない人間にこの役目は務まらない。

……しかし、それにしても。

「おまえ、いつジルとそんな話をしたんだね？」

「えっ？」

ふと思いついて尋ねると、キリアンがひどく狼狽したようにビクッと背筋を伸ばした。

ボリスがその便箋をうっかり机に出しっぱなしにしていたのは昨日の夕方のことで、今朝一番に、キリアンはこっそりとボリスのもとを訪れていたのだ。

ジルはゆうべも遅くまでボリスを手伝っていたし、そんな話をキリアンとする暇があったとすれば、さらに夜更け――くらいのはずだ。

「あっ…、いえ、たまたま……その、夜番の前に出くわしたものですから」

キリアンが視線をそらせたまま、どこかあわてたように返してくる。……別に、そんなにあせる必要がある内容とも思えないが。

なんだ…？　と思いながらも、わざわざつっこむようなことでもない。

ボリスは用意していた封書をキリアンに渡した。

「これを陛下に」

は、と心得たようにキリアンが軽く頭を下げて、恭しく受けとる。

蠟封された、ありふれた白い封筒だ。

封の印はジルが見たものと同じ、「ＵＯ」の文字が装飾化されたものだった。

Ulula Oculus ——ウルラ・オクルス。

古い言葉で「梟の眼」を意味する。

先代の国王が秘密裏に任命した私的な諮問機関であり、捜査機関。諜報機関、と言ってもいい。

かつて他国との長い戦い、そして相次ぐ内乱をなんとか平定し、本格的にカラブリアの統治に乗り出した前王だったが、当初国は安定せず、そこここに火種がくすぶっていた。各地の貴族たちの動きも油断はできない。

そんな状況で、前王は貴族たちの反逆、反乱を防ぐために「ウルラ・オクルス」を組織した。

表向きは別の職務に就いたまま、それぞれの階層に入りこみ、友好関係を築いて、裏で国内の、主に貴族たちの動向を探るのである。

ボリスの父が長官に任命され、父が手足となる部下たちを選び出した。

世襲と決めていたわけではないが、配下の者たちも自分の跡を継がせる子供を決め、幼い頃からそうなるべく教育していたようだ。そしてそれ以外の人間には、家族にさえ、自分たちの裏の身分は明かさなかった。

当初は貴族たちに反乱の兆しがあればそれを国王に報告し、うまく立ちまわってその萌芽を摘み取る役目を負っていた。

虚言、流言、裏切り、脅迫、買収——あるいは、暗殺。

ありとあらゆる手段を使って。

しかし国が安定してくるにつれ、少しずつその役目も変化してきた。

貴族たちに反逆の意志が失せ、代わりに宮中で官吏としての地位について、国を治める一端を担うようになると、今度は貴族たちの不正や犯罪を調査する任務にあたるようになった。

つまりその地位や身分を利用して、何かの悪事を働くようなことはないか——ということだ。

確証をつかみ、内容によっては国王に報告し、公にされて処分されることもあれば、外聞が悪ければ、命令に従って「梟」が内々に処理する場合もある。

この間の、前王の葬儀の準備中に起こった宝石盗難事件についても、実のところ、あれはすべて、ボリスたちが絵を描いたものだった。

犯人だった式部省長官の息子については、身分の低い貴族の令嬢に対する強姦(ごうかん)や暴行が目に余るくらいになっていた。

しかし娘たちはそれを口にできずに泣き寝入りするしかなく、つまり証拠も証言もとれない、という状況だった。また表だって処分するには、父親の身分が高く、式部省の長官という役職にもキズをつけることになる。父親にしても、今までかなりの圧力と金をかけて、息子をかばってきたようだ。

それで、ボリスたちは彼に罠(わな)を仕掛けた。

わざと女を近づけて、息子をたぶらかし、宝石をねだらせる。女の甘言に乗って宝石を盗んだところで、その事実を父親の長官に突きつけたのだ。

すでに大きな騒ぎになっていた事件で、このまますべてが明るみに出れば、家名に泥を塗ることになる。役職を辞し、自分の領地にもどって、息子も廃嫡することを条件に、ボリスは事件を収めた。

そういう裏工作も仕事の一つになる。

ボリスはその役目を父より引き継ぎ、キリアンもそうだった。父親のガルシアもまだ現役ではあるが、このところ多くを息子に任せるようになっている。

そして即位したばかりの国王マンフリート一世も、前王よりこの組織を引き継いだ。

というより、前王も生前よりマンフリートにこの仕事のほとんどを委ねていたので、ボリスもマンフリートに報告を上げることが多かったのだ。

その分、長く、親密なつきあいだと言える。

ウルラ・オクルスについて知っているのは、国王と腹心のほんの数人、そして梟たちだけだった。

とはいえ、下々についてさほど情報がないはずの国王が、ふいにいろんな事実を口にすることも多かったことから、陰で耳に入れている者たちがいるようだ、というくらいの認識はあるようだ。

『誰が陛下のお耳にそのようなことを入れているのですか？』

大昔、そう尋ねた者に対して、「梟だよ」と前国王がとぼけて答えたことがあったらしく、大貴族たちの間ではうすうす、その存在は知られている。

もっとも存在しているようだ、というくらいの、口承伝説的な扱いだったが。

ボリスはそうした国王への報告を、基本的にキリアンに持たせるようにしていた。

キリアンくらいでは本来国王に直接拝謁(はいえつ)できる身分ではないが、近衛士官という役目上、身辺警護の一人として、さりげなく国王に近づける立場だ。

国王もそれを理解しているので、何かの理由をつけてさりげなくキリアンを呼んだり、すれ違い際に受け渡したりすることができる。

ボリスはもちろん、直接謁見を申し込める立場ではあるが、あまりに頻繁だとさすがに人目を引いてしまうのだ。まあ、舞踏会や何かの機会にこっそりと渡すようなこともあるが。

この仕事が好きか嫌いかということは考えたことはなかった。考えても意味はなく、誰かがやらなければならないことだとも思う。

事案を処理したあと、重く苦い気持ちになる場合もあれば、いくばくかの満足感を覚えることもある。

しかしまわりの人間を欺いていることには違いなかった。

ジルたちを引き取ったことも、結局は自己満足にすぎないのだろう。

わかってはいたが、それでもジルが側にいることに気持ちが和む。

何気ない毎日の会話が楽しかった。

仕事の合間の、たわいもない軽口や、愚痴であっても。

この日、ボリスは旧知の知人——というより、父の友人だった貴族の茶会に招かれていた。

ひさしぶりに顔を見せてくれないか、という言葉に断り切れず、だったのだが。

しかしその「内輪の茶会」には彼の親戚筋の娘も招かれており、どうやら仕組まれた顔合わせだったようで、ボリスはピンポイントに多忙な仕事を言い訳に、ようやく逃げ出してきた状態だった。

「お見合い……だったのですか？」

宮中の部屋に帰ってきて、やれやれ…、と愚痴ったボリスに、ジルが驚いたようにつぶやいた。

「だったみたいだね」

ボリスはため息とともに肩をすくめた。

「へえ…、それはそれは。よほど売れ残って困っていらっしゃるんでしょうか」

ボリスの服の着替えを手伝いながら、ジルがいかにも皮肉な調子で口にする。

「こらこら…。口が悪いよ。二十一、二の、まだ若くて可愛らしいお嬢さんだったけどね。家柄もよいし」

「ボリス様にはもったいない方のようですね。でしたら、わざわざこんなうだつの上がらない男のところに嫁がせることもないでしょうに」

いかにもむっつりと、ジルの毒舌が止まらない。

「……また機嫌が悪いね。私が結婚するのは嫌なの？　仮に結婚したからといって、おまえを追い出すわけじゃないよ」

ボリスは喉元で結んでいたスカーフのようなタイを解きながら、ちらっとからかうように尋ねてみる。

「別に。ただお相手がお気の毒だと思うだけです。あなたの奥様になられる方がご苦労されるのは目に見えていますし」

ボリスとは視線を合わさないまま、憎たらしくつんけんとジルが続ける。

「そうだね。まあ、結婚は急がないよ。今はおまえがいてくれるからね」

ボリスは苦笑ながらさらりと言った。

本当に、何気ない言葉のつもりだった。

それにジルがハッとしたように顔を上げて、まともにボリスの顔を見つめてくる。

そしてそんな自分にようやく気づいたように、あわてて視線をそらせた。

「そんな…、いつまでも私が面倒を見られるとは限りませんよ」

強気に言いながらも、言葉がかすかに揺れ、めずらしく動揺が見える。

その横顔がわずかに赤い。

――まずいな……。

と、ボリスは頭の隅で思った。

ジルの自分に対する気持ちに、ではない。

それがうれしい、と思ってしまう自分が——だ。

ジルの想い……好意は、もちろん感じていた。

だがそれは、一種の刷り込みのようなものだとも思う。

ジルには、すがる相手が自分しかいなかったから。

そういう境遇に追いやったのが——少なくともその責任の一端が自分にあるのなら、ひどく卑怯(ひきょう)で、残酷なことのようにも思う。

少し…、近くに置きすぎたのかもしれない……。

そんな後悔が、ほんの少し、胸の奥ににじんでいた——。


宮中での仕事に連れてくるようになってから、当然ながら一気にジルの仕事は増えていた。

いろいろと新しいことを覚え、宮中での慣例やら、不文律やらにも慣れ、新しい人間関係もできてくる。

良くも悪くも——望むと望まざるとに関わらず、だ。

それと同時に、貴族社会の多くの弊害にも気がついているようだった。

時間を無駄にするばかりの多くの約束事や、しきたりや、さして意味のない根回しや。

さらには「名誉職」といった実務には役立たずのくせに、口だけは出してくる貴族連中は多かったし、その補佐という名目で出仕している子息たちも——例の長官の息子を始め——生まれがよいだけの能なしばかりだと、実務を仕切る下級官吏からは陰口をたたかれている。

……そしてまあ、実体からさほど遠くもない。

大貴族の息子たち、とりわけ嫡男ではない男子は、少し武道ができれば武官、できなければ文官になるべく、いろいろと画策されている。

「ろくに仕事もできないくせに、うろちょろされると邪魔なだけです。やる気のない方々はこちらに出てこなくて結構ですから、舞踏会で女の尻を追いかけていていればいいんですよっ」

と、奥向きで働く高級侍女たちを口説きに来ているような連中を容赦なくこき下ろすジルに、ボリスはつい、にやにやと笑ってしまう。

「おまえは時々、ひねくれたものの見方をするね」

「貴族のお坊ちゃんたちのような、甘やかされた人生ではなかったからでしょう」

なんらかの役に就いている以上、多少の仕事は振り分けられているわけで、そういう連中のおかげで遅々として進まない進行表を手荒く放り出し、ふん、とジルが鼻を鳴らした。


どうやら鬱憤もかなりたまっているらしい。

「おやおや…、私はおまえを愛情こめて育てたつもりだけどね」

微笑んで言ったボリスに、ジルが肩をすくめてみせた。

「その分、しっかりお返しできていると思いますけども？　朝寝坊も減っているし、キュウリも食べられるようになったし。逃亡されても支障をきたさず、仕事もはかどってますしね。官吏たちからの文句が減りました」

「おまえはいい子だよ。少々口うるさいけどね」

すかした顔で言われて、ボリスもつらっと返す。

おたがいにわかっていての軽口だった。

「あたりまえです。そのへんのデキの悪いバカ息子と一緒にしないでください。ボリス様に尻拭いさせるつもりはありませんよ」

そんな強気な言葉にボリスは喉で笑ったが、実際にその通りなのだろう。

自分のために、ジルは精いっぱい仕事をこなしているのだ。

それがうれしくも、……少し、心苦しくもある。

と、ジルがふと思い出したように首をかしげた。

「そういえば、マンフリート陛下とプレヴェーサの…、ローレン・ファーレス侯爵との間は、本当にうまくいっていないのですね」

前王の死にともなって即位はしていたが、正式な戴冠式に向けての準備で忙殺されている時期だった。

葬儀も各国から弔問客を受け入れる大きな儀式だったが、戴冠式はさらに輪をかけて盛大なものになる。招待客の数も増える。

その中で、貴族たちの序列の決定というのも、ボリスたちの仕事では大きな問題だった。会食の席順やら、挨拶の順番やらと、それぞれのメンツや何かもあってややこしい。

その中で、宮廷ではこのところ新国王であるマンフリートと海軍提督であるローレン・ファーレス侯爵との不仲が公然と人の口に上るようになっていたのだ。

実際に席次案として提出したものが、ファーレス侯爵の位置が気に入らなかったようで、国王の独断で蹴られている。

「そう…、困ったものだよ……」

ボリスは額を押さえ、思わずため息をついてしまった。

言うまでもなく、侯爵は海軍の中核を成すプレヴェーサ一族の長でもあり、カラブリアの海の守りだ。カラブリアの軍事力の要と言える。

この二人の不仲は、国にとってもかなり深刻な問題だった。

「昔、デ・アマルダ公爵家のエイメ様を取り合ったというのは本当ですか？」

そういう下世話な噂話がささやかれているのは、ボリスも知っている。ジルもどこかで耳にしたのだろう。

しかしボリスは、それに首をふった。

「それが直接的な原因ではないよ。……まあ、一面の事実ではあるがね。陛下にはいろいろと複雑な思いがおありなのだよ」

ボリスは淡々と答え、あえてそれ以上は語らなかった。

細かく説明すると難しい話で、結局のところ、二人が幼い頃から何十年にも渡って積み重なってきた感情的な食い違いなのだ。

どちらが悪いということではなく、どちらかが相手に何をした、ということでもない。

前王のお気に入りだったローレン・ファーレス侯爵は、その治世のもと、絶大な権力を持ち、またそれに見合う能力があり、それだけの功績を挙げ、さらに人間的にも魅力的な男だった。

多くの貴族たちが彼を中心に集まっていたものだが、マンフリートが即位して以降はいくぶん距離をとっているように思える。

やはり王の不興を恐れて、だろう。ヘタに親しくして目をつけられてはマズイ、ということだ。

とはいえ、一般的には、絶対的な権力を手にした国王が、自分より人気のあったファーレス侯爵を妬んで難癖をつけている——、と見ているのだろう。

だが問題はそんな表面的なことではなく、ボリスとしては、むしろ国王に同情的な気持ちではあった。

ボリスは、エイメが家を捨てる形でファーレス侯爵のところへ走った時、一族の中ではほとんど唯一、その結婚を祝福し、その後もエイメやファーレス侯爵と親交を持っていた。

また一方で、マンフリートの密命を受けるほど、ある意味、近しい立場でもある。

ボリスはマンフリートの自分への信頼というものを、疑ったことはなかった。

マンフリートはもちろん、ボリスがファーレス侯爵と親しいということは知っており、その上での信頼ということを考えると、……おそらくは複雑な思いがあるにしても、公正に物事を判断できる人物だと言える。少なくとも、公正であろうとしている。

もし、マンフリートからどちらかを選べ、と命じられたとしたら、ボリスとしては臣下として、国王を選ぶしか選択肢はないのだ。

あえてそれを口にしない賢明さが、マンフリートにはある。

実際、マンフリートは頭のよい男で、国王としての責務を果たす器として不足はない——とボリスは認識していた。

あまり社交的とは言えず、いくぶん神経質なきらいはあるが、慎重に、冷静に物事に対処し、感情的な判断を下すことはまず、ない。

ボリス自身、自分がこの二人の間に立っていることは自覚していたし、なんとか折り合いがつけば…、と願ってはいた。

いや、長年の感情的なしこりは簡単に折り合いがつくような問題ではなかったが、それぞれのスタンスをうまく測ることができれば…、と。

おそらくはこの二人にしても、間にボリスを挟んでいることで、なんとか危ういつながりを保てている、ということを自覚していたのかもしれない。

そんなことで、ボリスは時折、ファーレス侯爵の館を訪れることはあったし、エイメや侯爵家の双子たちもよくボリスの館に遊びに来ていた。宮廷内で顔を合わせることも多い。

その関係から、ジルもプレヴェーサの人間とは親しくつきあっていたようだった。

事務仕事でなまる身体を、時折プレヴェーサの人間相手に剣で鍛え直したりもしている。

ローレン・ファーレス侯爵もジルに対する評価は高く、事務仕事に飽きたらいつでもう{プレヴェーサ}ちにくればいい――、と冗談交じりにそそのかしていたくらいだ。

「海賊を一国に縛りつけておくのは、なかなか難しいのでしょうね」

どこかしみじみとつぶやいたジルのその口調に、ボリスは思わずその顔を見つめてしまう。

この時のプレヴェーサはカラブリアの正規の海軍として編入されていたが、さかのぼればモレアの海を荒らしまわっていた海賊である。

実際、海軍の中でもプレヴェーサ麾下(きか)の者たちは、兵士というにはあまりに自由すぎ、やはり無頼(ぶらい)の集まりのように、一般の士官たちの目には映っていただろう。

奔放(ほんぽう)で、粗暴で、軍の規律なども頭から無視して。正規兵の目から見れば、愚劣(ぐれつ)で下品な連中の集まりだと。

「海賊になりたいのかな？」

「憧れるところはありますね」

なかば軽口のように尋ねたボリスに、ジルがさらりと答えた。

「彼らは自由で…、過去を問いませんから。自分の技量と能力だけで渡り合える」

そんな言葉に、ボリスは胸の奥に鋭い痛みを覚える。

本心なのだろう。

父の犯したと言われる罪も——海賊たちの中にあっては意味がない、と。

知れたとしても、それでなじられることも、後ろ指をさされることもない。

彼らの中ならば、おそらくはジルも、すべてから解放されたように自由な空気を吸って生きられるのだろう。

何を恐れることも、怯えることもなく。

堅苦しい宮廷でいるよりも、それがいいのかもしれないな、と思う。

……もちろん、いつか手放さなければならないことはわかってた。

自分に対する恩や、負い目を感じてほしくなかった。

ジルの未来には、無限の可能性があるのだ。

せめてそれを取りもどさせてやれば、ボリスは満足だった。

誰を頼る必要もなく、自分の手で道を決め、自分の力だけで生きている人間なのだから——。

6

前王の喪が明け、戴冠式も無事に執り行われて、カラブリアの宮廷も徐々に平常を取りもどしつつあった。

そしてそれは、ジルがボリスのもとに引き取られて六年目のことだった。

「ジル。あのね…、実は私、……求婚されたのよ」

ある夜、相談したいことがあるから、と呼び出され、姉の部屋を訪れたジルは、いくぶん硬い表情でそんなふうに告げられた。

いつか来るものと予想し、覚悟もしていたことだったが、……さすがにズシッと、と胸の奥に重い衝撃が落ちた。

「それは……よかったじゃないですか」

それでも強ばった顔で、ジルはなんとか笑顔を作り、言葉を押し出す。

姉はすでに二十歳になっており、適齢期を考えると遅いくらいとも言えた。

「もちろんお受けするんでしょう?」

ジルは勝手にしゃべり出している自分の声を、どこか遠くに聞く。

姉とボリスとは微笑ましいくらい仲がよかったし、姉にもその心づもりはあるものだと思っていた。

封印したはずの思いが、じくじくと疼き始める。

「でも…、このまま……父のこと、おじ様にも言わないままでお受けするなんてできないわ…!」

しかしそんなジルの腕を、姉は泣きそうな顔でつかんでくる。

あっ…、とようやくジルはそれを思い出した。

忘れていた――わけではないが、それでもしばらく思い出すこともなく……それだけ幸せな毎日だった、ということだろう。

父のことは、さすがに今でも姉弟だけの秘密だった。

ジルとしては、あえて言う必要はない、とも思う。

誰が傷つくわけでなく、言わないままに結婚しても問題はないと。

ボリスは父のこととは無関係に、姉を愛してくれたのだろうから。

　言わない方がいいこともある、とそう説得してみたが、姉はどうしても黙っていることはできないと、すでに心を決めているようだった。

「こんなによくしていただいているのに…、騙すみたいなこと」

「今の幸せを…、すべて失うことになるかもしれないんですよ？」

　いくぶん脅すように言ったジルの言葉にも、姉は強硬だった。

「ええ。このお屋敷にもいられないでしょうね…。ごめんなさい…、ジル。あなたにも迷惑をかけるけれど」

　姉のそんな言葉に、ハッと、ジルは本当は自分が恐れているだけだということを思い知らされる。

　ボリスに知られるのが。

驚き、蔑まれ、疎まれ……今まで自分に与えてくれた愛情を、その思いを、後悔されることを。

　そんなおぞましい子供を腕に抱いていたのか――、と。

　ゾッと背筋が凍り、身体が小さく震え出す。

「ジル…、あなたは待っていて。私が話してくるから」

　意を決したようにカウチから立ち上がった姉を、ジルはあわてて止めた。

「いえ。私が…、ボリス様にお話しします」

姉にさせることではない。

自分が言うべきだった。せめて。

罵詈雑言を浴びせられるのなら、自分が。

そして自分の身をもって現実を受け止めなければ、きっと思い切れないだろう……。

　血の気の失せた顔で、ジルはそのままボリスの部屋へ向かった。

　いつものようにノックをしてドアを開くと、ボリスはベッドに入る直前だったようだ。

「どうしたんだい？　ああ…、また独り寝が淋しくなったかな？」

　いつもの…、からかうような言葉に、ぎゅっと胸がつかまれるように痛い。

　こんな言葉をかけてもらえるのも、これが最後かもしれない……。

　そう思うとまぶたが焼けるように熱く、涙が溢れそうだった。

　それでも必死にそれをこらえる。

「ジル？」

　何も言わないままに近づいたジルの異変に、――その顔色に、か、ようやくボリスも気がついたようだ。

「どうした？」

　再び問う声が、いくぶん怪訝そうな響きを帯びる。

「お話が……あるんです」

　ジルはかすれた声をなんとか押し出した。

　うん？　とボリスは小さくうなったが、そっとため息をつくと、ベッドの端に腰を下ろした。

　そして、おいで、と落ち着いた声でジルを呼ぶ。

　自分が歩いているという感覚もなく、ジルは引っ張られるようにボリスに近づくと、優しく腕が引かれ、そのまま横にすわらされた。

　身体は密着し、なかば膝に抱えられるように。

　緊張でたまらず、ジルは息をつめる。

「かまわないよ。言ってごらん」

　背中を撫でられながら、穏やかな声が耳元に落ちた。

　しかしジルは言葉を出すことができず、しばらくはただ唇を震わせるだけだった。身体が震え、嗚咽(おえつ)が喉につまる。

言わなければ、と思うのに。

「何を聞いても驚きはしないから」

そんなジルを急かすこともなく、ボリスはただ気持ちを落ち着かせるようにジルの肩を抱きしめた。

「ジル。私は何を聞いても…、君を責めたり、怒ったりはしない。たとえ君たちが…、君たちの父親が何者であったとしても、それは君たちの責任ではないのだからね」

ゆっくりと、ただ静かに言われた言葉——。

それが耳に落ちた瞬間、ジルは一瞬、息が止まったかと思った。

ハッと顔を上げ、驚愕(きょうがく)に見開いた目で目の前の男を見つめる。

「どうして……？」

しわがれた声がこぼれ落ちる。

ボリスのその言葉は明らかに……どう考えても、ジルたちのことを知っているとしか思えなかった。

「知って……いたんですか……っ？」

無意識につかみかかるようにして尋ねていたジルに、ボリスが小さくうなずいた。

そっと息をつき、指先で優しくジルの頬を撫でる。

「なぜ……、いつから……っ？」

どうしてそれがわかったのか。

混乱したまま呆然と問いただすジルに、ボリスは穏やかに答えた。

「たまたまだよ。君の父は宮廷出入りの商人だった。式部省が買い上げる品の多くは、その店から仕入れていた。うちの者がそちらの店に出向くこともあったから、君たちの顔を見知っている者もいてね」

「そんな……」

筋は通っているようだが、……どこか納得できない。

店まで使いとして来るような下っ端の役人と、ボリスとに直接的な接点はない。その役人にしても、そんな幼い頃の顔と比べて、すぐにジルがわかったとは思えない。

もしかすると初めから……知っていたのだろうか？

あの日、ボリスが拾ってくれたのは偶然だったのか。……それとも。

――だが、それよりも。

「じゃあどうして…、わかっていてどうして引き取ったんですか…っ？　殺人鬼の子供をっ！」

思わずジルは叫ぶように尋ねていた。

「君はお父さんが殺人鬼だと思っているの？」

そのジルをまっすぐに見て、ボリスが静かに聞き返す。

「そ…れは」

ジルはとっさに視線をそらせた。

思ってはいない。思いたくない。

……だが心のどこかで、迷いもあったのだ。

ただ認めたくないだけじゃないのか…、と。

「そうだね…、君のお父さんを知っている者は、とても信じられないと言っていたよ。そんなことをするような人間ではない、と」

ボリスの穏やかな声。

「でもだからといって……！」

「たとえそうだったにしても、君たちに罪があるわけではないよ」

淡々と、それだけに揺るぎのない声。まっすぐな眼差しに、ジルはどうしようもなく涙がこぼれた。

こらえきれず、ボリスの胸につかみかかるようにして顔を伏せ、必死に声をこらえる。

「ジル…、頼むから」

そのジルの身体を、背中からきつくボリスが抱きしめた。

その力の強さと温もりに、さらに涙が溢れ出す。

「家を出ることなど考えていないね？　君たちを手放すのはつらいよ」

なだめるように背中を撫でる手の感触と、優しい声に、安堵――と、そして淋しさが胸いっぱいに広がってくる。

よかった…、と思い、同時に、やはりそれだけボリスは姉を愛しているのだと教えられる。

ジルはようやく顔を上げ、涙に濡れたまぶたをそっと指で拭うと、なんとかぎこちない笑みを作ってみせた。

「姉を……幸せにしてあげてください」

とはいえ、二人の新婚生活を間近に見るのは、やはりつらい。

結婚後は――誘われていたプレヴェーサにやっかいになろうか…、と内心で考える。

しかしそのジルの言葉に、うん？　とボリスが首をひねった。

「どういう意味？　……いや、もちろんフリーダの幸せは願っているけどね」

どこかきょとんとした表情に、ジルの方がとまどってしまう。

「姉に求婚したのでしょう？」

「私が？」

ちょっと目を丸くしたボリスは、いきなりクックッ…、とおかしそうに笑い出した。

「ボリス様……？」

「違うよ。彼女に求婚したのはエドアルド・オルボーンだ。いずれフェランド伯爵を継ぐ男だよ。私のところにも許可をもらいに来た」

「え…？」

今度こそ本当に、ジルは絶句してしまった。

「私がフリーダに求婚したと思ったの？」

「あの…、はい……ええ、いずれボリス様は姉と結婚するつもりだと」

視線をさまよわせ、しどろもどろにジルは答える。

そういえば誰に、と姉は言わなかったが……それぞれに共通認識でわかりきった相手だと思っていたのか。

言われてみれば、エドアルド・オルボーンもしょっちゅうこの館に出入りし、姉に会いに来ていた一人だ。

ほとんど顔を合わせたことも、言葉を交わしたこともなかったが、生真面目（きまじめ）そうで、ジルとしてもそこそこ納得できる相手ではある。

「私とフリーダとではひとまわりも年が違うよ」

まだ喉で笑いながら、人の悪い顔でボリスが指摘する。

「そのくらい、めずらしいことではないでしょう」

「なるほど？　私が金と権力にものを言わせて若い花嫁を手に入れるようなひひ爺（じじい）だと思っていたわけだね」

端的に、いかにもおもしろそうに言われ、ジルはあわてて否定した。

「そ、そうじゃないですけど…っ」

「フリーダが迷っているのはわかっているよ。エドアルドのことは気になっているようだが…、父親のこともあるのだろう」

と、いくぶん表情をあらためてボリスがうなずく。

「姉は……その求婚者に対しても真実を告げなけれ

「嘘のつけない子だからね。だから、彼女が嫌でなければフリーダを私の養女にして、デラクアの家から嫁がせようと思うのだが。おそらくその方が、オルボーンの親族もうるさくないだろうしね」

それはそうだろう。

オルボーン家は名門だけに、花嫁の素性もとやかく詮索してくるかもしれない。が、ボリスの養女ということであれば、ボリスが身元を保証するのと同じだ。養女とはいえ、デ・アマルダ家につながる一族が後ろ盾になるわけで、あちらの家としても喜ばしいはずだった。

「……かまわないのですか？」

そうなれば、姉にとってボリスが「父」になる。

誰に聞かれても、堂々と父の名を出せる。

姉も肩身の狭さを感じなくてすむのだ。

「ジル。おまえも一緒に養子に迎えてかまわないのだが？」

静かに続けられた言葉に一瞬とまどったが、ジルはすぐに首をふった。

「いえ…、私は」

そこまでしてもらうわけにはいかない。

それに息子――になりたいわけではなかったから。

側にいられればいい。できるだけ、長く。

ジルはまっすぐに顔を上げて言った。

「私と姉との関係は、あちらには伝えないようにお願いします。姉に兄弟はいない方がいい」

将来、もし自分が何かあった場合に、姉に累が及ばないように。

貴族の家に嫁ぐのであれば、できるだけ面倒な係累はない方がいいのだ。

「ジル」

そんなジルの決意の見える言葉に、ボリスが何か言いたげに呼び掛けてくる。

しかしジルは微笑んで続けた。

「いえ…、もちろん姉は姉ですから。二度と会わないなどということではありません。姉がこちらに里帰りすれば、いつでも会えるでしょう？　ただ、あちらの家が知る必要のないことです」

「そうか……」

何か言いたげでもあったが、ボリスはただうなずいただけだった。


そして姉は正式にボリスの養女となり、半年ほどして、エドアルド・オルボーンのもとに嫁いでいった。


華やかな結婚式を、ジルは教会のほんの隅の方から見つめ、心から祝福した。

エドアルドは本当に姉を愛してくれているようで、きっと幸せになれるだろう…、と思う。

姉がいなくなった館は、やはり花がなくなった庭のように味気ない気はしたが、生活自体はそれまでと変わりはなかった。

ジルは相変わらずボリスの仕事を手伝い、宮廷や館を行ったり来たりしていた。

しかし国王の葬儀と戴冠式という、数十年に一度の大きな儀式が終わってしまうと、仕事としてはかなり楽になる。

ボリスと二人だけの生活は――もちろん使用人たちはいるわけだが――それまでと何も変わらないようで、どこか変わったような気がした。

姉が嫁いでから、自分とボリスとの間は、少しぎこちなくなったように感じた。

自分が……ボリスを見る眼差しが変わったからだろうか。

心のどこかで塞き止めていたものが、一気に押し流されたように。

おそらくは言葉の端々に、ちょっとした仕草に、自分の思いがにじんでいたのかもしれない。

意識していなかったけれど。

いや、意識しないようにしていたのだ。

それまでずっと、ジルはボリスが姉と結婚するつもりだと思っていた。さんざん親戚からの縁談を蹴散らしていたのも、姉が成長するまで待っているのだと考えていた。

しかしボリスは、姉を養女にしたあげくに他の男のもとへ嫁がせたのだ。

どういうつもりなのだろう…、と混乱もした。

もしかしたら――、と自分の都合のいいように考えてしまったこともある。

養女を迎え、嫁に出しておきながら、自分が結婚しないとは何事かと、本家のデ・アマルダ家の方からは、さらにせっついてくるようにもなっていたが、ボリスに独身生活を手放そうという意志はまったくないようだった。

相変わらずのらりくらりとはぐらかし、また親戚づきあいが面倒になるしねえ…、などととぼけた言い訳をして。

自分のためだろうか…、とうぬぼれてしまいそうになっていた。

時折、ボリスがじっと自分を見つめる視線の強さに。少し困ったような、何か言いたげな眼差しに。

しかしボリスの、ジルに対する態度は変わらなかった。少なくとも、表面上は。

期待――していたのだ。

何か言ってくれることを。

大切なのはフリーダではなく、おまえだよ――、と。

そんな言葉を。

何の障害もないはずだった。

自分の思いは、おそらくボリスにはわかっている。

ただ、受け入れてくれるだけでよかった。

だがボリスが何か自分たちの関係を変える言葉をくれることはなく、ほんのわずかなぎこちなさが、日に日に大きくなっていくようだった。

そしてふいに、ジルは気づいたのだ。

やはり、ボリスは姉を愛していたのだ…、と。

姉の思いが、父親代わりか恩人としてしか自分に向けられていないことを察して、静かに身を引いたのだろう…、と。

そう、自分で言っていたように、金や権力や、売った恩で愛する人を縛るようなことはしなかったのだ。

そうか…、とようやく納得できた。

ボリスの自分を見る眼差しの意味も。

自分の中に姉を見ているだけだ。単純なことだった。

――勘違い……するじゃないか……。

心の中でつぶやいて、知らず自嘲してしまう。

本当にタチが悪い。

ジルの自分への思いを察しているだけに、よけい何も言えなかったのかもしれない。

距離が近くなりすぎたのだろう。

自分とボリスとの間は、姉がいてちょうどいい距離だったのだと、ジルは沁みるような淋しさとともに気がついた。

そしてジルが十九になった年、ボリスは突然、宮内府式部省での地位を返上し、宮廷からも身を引いて、ディノスで生活するようになった。

ジルも主人についてディノスへと移ったが、正直、この田舎ではジルのやるべき仕事はなかった。

ボリスの身のまわりの世話にしても、仕事がない毎日では、ぐうたらと過ごしたところで誰が迷惑を被(こうむ)るわけでもない。

ボリスは釣りを楽しみ、時折、近くのサヌアへと足を伸ばしては芝居や音楽に興じ、たまにサヌアでの夜会に参加しては都の噂話を耳にして、知己の近況を尋ねたりと、のんびりと隠退生活を楽しんでいたようだ。

しかしジルにとっては、だんだんとその毎日が息苦しくなっていた。

都にいた時よりもさらに、この小さな田舎の館では物理的にも精神的にも、距離が近い。

側にいたかった。だが、このまま側にいるのはつらすぎた。

……自分の居場所がないような気がして。

もうボリスにとって、自分は必要のない人間のように思えて。

そんな思いが、つい、口にさせたのだろうか。

「若いおまえにはこんな田舎は退屈じゃないのかな？　おまえはリーズにもどってもいいんだよ？」

ある夜、寝支度を手伝っていると、そんなふうにボリスに言われて。

……突き放されたような気がした。

もう、いらないのだと。

「お側にいてはお邪魔ですか？　結婚はできませんけど、ボリス様の合間のお相手くらい、させていただきますよ？」

震える声を、挑発する口調に変えて。

うん？　とふり返ったボリスがいくぶん険しくジルを見つめてくる。

「どういう意味で言っているんだ？」

ぴしゃりと言われ、ジルは思わずひるんだ。

「つまらないことを言うんじゃない。そんなことのためにおまえを引き取ったわけではないよ」

「……すみません」

小さく唇を噛（か）んで、ジルは悄然（しょうぜん）とあやまる。

自分への情けなさと、わかってもらえないいらだちと。

そんなものが身体の中で渦巻く。

ボリスが首をふり、あきれたようなため息をついた。

「おまえも、いつまでも私についていなくとも、好きなことをしていいんだよ。そろそろ結婚を考えていい年だしね」

それでも、そんなふうに穏やかに言われて、ジルはなんとなく笑ってしまった。

ようやく保っていた何かが、身体の中で崩れた気がした。

優しい、のだろう……。いつもジルのことを考えてくれている。

ただ結局、自分はこの人にとっては替えのきく、側仕えの一人に過ぎないのだ。

限界だと思った。

「そうですね……」

小さくつぶやくように言うと、ジルはそっと息を吸いこんで、再び口を開いた。

「お許しをいただきたいのです」

その言葉に、ボリスがわずかに怪訝そうに視線を上げる。

「プレヴェーサに行こうと思います。もう…、ボリス様のお側にいてもさほどお役には立てませんし」

手伝うような仕事もない。

おたがいに気まずいばかりだとわかっていた。

ボリスも、いつまでも姉の影を見るようでつらかったのかもしれない。

一瞬、口をつぐんだボリスだったが、やがて小さくうなずく。

「そうだね…。おまえには案外、プレヴェーサは合っているのかもしれない。プレヴェーサも政治向きのことがわかるおまえのような人間が一人いると、ずいぶんと違うだろう。ローレンもおまえのことは買っていたからね」

おたがいに穏やかな、大人の会話だった。

ディノスに来て、一年ほどがたっていた。

長い間お世話になりました、と。そして、姉のことをよろしくお願いします――、と、その言葉を残して、ジルはその時からプレヴェーサに身をよせることになった。

当時はまだカラブリアの海軍に属していたので、ジルは都のリーズにもどり、領地であるプラディスと行ったり来たりすることも多かった。場慣れているし、知り合いも多いということで、侯爵や双子のご子息、ご令嬢のおともで宮廷へもよく顔を出していた。

キリアンとも顔を合わせ、しょっちゅう「御前はこちらにおもどりにならないのか？」と聞かれたが、ジルが答えられることではない。

多分、その気はないだろうな、と言うくらいしか。

のんびりとしたディノスでの生活とはかけ離れ、やはり宮中での複雑な人間関係、政治の動きはめまぐるしい。

水面下での陰謀や駆け引きが日常的に繰り広げられ、刻々と事態は推移していく。

国王マンフリート一世と、プレヴェーサの統領でもあるローレン・ファーレス侯爵との関係が、もはや修復不可能なところにまで来ていることを、ジルは感じないわけにはいかなかった。

会議の場でことごとく意見は対立し、まったく譲歩し合う気配もない。

他の重臣たちはそれをハラハラとした様子で眺めていたが、……むしろ、あたふたというのか、おろおろというべきか、どちらに意見することも、建設的な案を出すこともできず、まったくものの役に立たない連中ばかりだった。ただ国王の言葉に追随するだけで。

こんな無能な連中が重臣なのか…、と思うと、それには国王に同情するくらいだ。

そしてついに、来るべき時がやって来た。

ローレン・ファーレス侯爵は、国王から与えられた身分と地位をすべて捨て、海賊に——ただのプレヴェーサとして、モレアの海にもどったのだ。

もちろん、ジルもそれに従った。

カラブリア海軍の半分が反乱を起こしたに等しく、もちろん国王に弓を引く行為で、ある意味、カラブリア貴族であるボリスとも敵対する立場にはなる。

ただボリスは軍人ではなく、現在は宮廷での要職からも身を引いているわけで、直接的に対決するわけではない。

それから半年近い戦乱をへて、プレヴェーサは自由と名声を勝ちとり、いくつもの伝説を打ち立て、カラブリアは深い傷を負った。

ローレン・ファーレスは侯爵としての地位を捨てたわけだが、妻のエイメがデ・アマルダ家の息女である事実が変わるわけではなく、エイメ自身が受け継いでいる地位や財産もある。

夫とともにカラブリアを離れたエイメがサヌアで暮らすようになってからは、ボリスとの親交も復活していた。双子の子供たちもボリスとは仲がよく、たまにディノスの館を訪れている。

そういう意味では、ジルももっとよくディノスに里帰りしていいはずだったが、なんとなく避けるようにしていた。

そして、ジルがボリスのもとを去ってから六年もの月日が流れたが、少なくとも一人で訪れることはなかった。

常にプレヴェーサの人間と一緒に、プレヴェーサの一員としての立場を守った。

その方が、おたがいに気楽な気がした。

もちろん、昔の仲間たちの前でジルの昔話が暴露されるようなこともあって、そんな時は昔のようにからかわれたり、ジルもボリスをなじってみたりと、気のおけない雰囲気を見せていたが。

そして数カ月前、ある陰謀に巻きこまれてエイメの館が放火され、焼け出されたエイメは大叔父であるボリスのもとに身をよせていた。

別荘を建て直す間も、エイメはそのまま滞在する予定だったのだが、幸い、知り合いからサヌアに別荘を借りることができ、以前の場所にもほど近いそちらを仮住まいにすることになった。

それで昨日は、プレヴェーサから数人が警護も兼ねてエイメを迎えに来て、サヌアの仮住まいへと移ったのだが――エイメ付きの侍女の一人が、一通の手紙をジルに運んできたのだ。

ボリス様より言付かりました、と。

ボリスのもとを離れて以来、手紙をもらうことなど初めてで、正直とまどったが、サヌアには来ても、ほとんどディノスへよりつくことのないジルへのちょっとした嫌味か何かかと思っていた。

が、中を開いて、ジルはさらにとまどった。

素っ気ないくらいに簡単な文面――。

姉のフリーダがジルのもとに行っていないか、あるいは何か連絡をしてきていないか、という問い合わせだ。

おかしな手紙だった。それはつまり、今、姉の居場所がわからない、ということに他ならない。

ひどく胸騒ぎがした。もちろん、こんなことは初めてだった。

十年前にエドアルド・オルボーンのもとに嫁いだ姉は、夫がフェランド伯爵を継ぐとともに、伯爵夫人となっている。

そんな身分にある人間が居場所を捜されることなど、普通ではありえなかった。

――どういうことだ……？

混乱したが、この手紙だけではいくら考えたところでどうしようもない。

ゆうべ手紙を受けとったジルは今朝早くから馬を飛ばし、ディノスの館にもどってきたのである――。

※　※

「つまり…、姉は行方不明だということですか？」

いくぶん厳しい眼差しで、きつい口調で、ジルは男に尋ねていた。

「いきなり姿が見えなくなったようでね」

ボリスがうなずいて、そっとため息をつくように答える。

「そんな悠長な……」

あせるような思いで、ジルは無意識につめよった。

「どういうことなんです？　いったいいつからです？　ちゃんと捜しているんですか？」

「いなくなったのは五日前のようだ。もちろん、心当たりは捜させているが…、しかし心当たりといってもフリーダに頼る親戚はいないだろう。親しい友人の家に聞いてまわるくらいだが、それもあまりあからさまだと騒ぎが大きくなる」

「そんな……！」

淡々と口にしたボリスに、ジルは思わず絶句した。

「そんな体面をどうこう言っている状況なんですかっ？　誘拐されたとか、何か事件に巻きこまれたとか……」

言いながら、そんな想像にゾッと背筋が寒くなる。

「ジル、落ち着きなさい」

顔色を変えたジルにボリスが静かに言って、肩に手を置いた。

「今のところそれらしい事件もないし、身代金の要求などもきていないんだよ」

「では……いったい……？」

ジルは震える声でつぶやき、どさりとソファに腰を下ろした。

ボリスがふぅ…、と長いため息をつく。わずかにためらってから、ようやく口を開いた。

「あちらの家では…、フリーダの浮気を疑っているようでね。男のもとに行ったのではないか…、と」

その言葉にジルは大きく目を見張った。

「まさか！　姉がそんな……！」

思わず立ち上がってしまったジルをなだめるように、ボリスがうなずいてみせる。

「私もそうは思っていない。だが、事件でも事故でもなければ、そう考えるのは……まあ、普通かもしれないね。遺体が出ているわけでもないのだから」

遺体、という言葉の冷たさに、思わずぶるっと身体が震える。

それだったら浮気の方がまだ、いい。愛人のもとに走っている方が。

しかし、十年近くも会っていないとはいえ、姉がそんな女でないことはジルが一番よくわかっていた。

ただ貴族の感覚で言えば、それも十分にあり得ると思うのは、……わからないではない。

「実はフリーダは…、というか、フェランド伯爵一家は今、サヌアに滞在していてね」

ボリスのその言葉に、思わず、えっ？　とジルは声を上げてしまっていた。

「だからおまえに連絡をとったのではないかと思ったんだが」

「サヌアに……いたんですね……」

ため息をつくように、ジルはつぶやく。

一家と言ったのは、夫と姉の子供たちも一緒に、ということだろう。

姉が二人の子供、娘と息子を産んだことは、ジルもボリスから聞いて知っていた。ジルには姪（めい）と甥（おい）になる。

だが一度も会ったことはなかった。

プレヴェーサに——海賊に身を置く以上、できるだけ縁はない方がいい。

……すでにボリスくらい浮世離れしていればまだしも、だ。

フェランド伯爵であれば、宮中でそれなりの地位もあるはずだった。

「では…、つまり伯爵家では、本気で姉を捜していないということですか……？」

　ようやくそれに思い至って、小さく震える声でジルは尋ねた。

「いや、捜してはいるだろうが」

　いくぶん視線をそらして言ったその言葉は、肯定しているのと同じだ。

　じりじりと怒りとあせりが腹の奥から湧き上がってくる。

「そんな…、このまま死体が出るのを待てと言うつもりですかっ!?」

「そうじゃないよ、ジル。だが闇雲に動きまわっても得るところはない」

　その落ち着いた声に、よけいいらだってくる。

　まるで他人事みたいに。

「とにかく、おまえに連絡していないことはわかった。だとすれば、結婚してからできた友人のところかもしれない。あとは私が捜してみるから、おまえはいったん、艦に帰っていなさい。何かわかったら、必ず連絡するから」

「そんなこと、できるわけないでしょう！」

　たまらず、噛みつくようにジルは叫んでいた。

　いつの間にか床に落ちていた外套を拾い上げ、ぎゅっと握りしめると、ジルはにらむようにしてボリスに言った。

「姉を捜します」

　それだけ言い捨てるようにすると、ジルは足早に部屋を出た。

「――おい、ジルっ！」

　あせったようなキリアンの声が背中に響いたが、ジルはふり返ることもしなかった――。

第二章　捜索

1

「……よろしいのですか？」

廊下までジルを追いかけてみたものの、あきらめて部屋にもどったキリアンが、うかがうように尋ねてきた。

遠くで、バン！　と激しくドアがたたきつけられるような音がして、どうやら玄関を出たようだ。

しばらくぶりに顔を見られてこれか…、と思うと、さすがにボリスもちょっとため息がもれてしまう。

とはいえ、ジルの怒った顔は嫌いではないのだが。

ふだんは穏やかな茶色の瞳が、怒っている時やひどく不機嫌な時には薄い紫に変わるのだ。

それがきれいだと思う。表情はさして変わらないくせに――いつも冷たく見えるのだ――そんなふうに感情が見えるのも可愛い。……まあ、本人には言えないわけだが。

「仕方がないだろうな…」

ボリスは小さく首をふった。

やめろと言っても、すんなり引き下がるとは思えない。

たった一人の、血のつながった姉なのだ。

「しかし…、驚きました。本当にフリーダが行方不明なのですか？」

キリアンは、ジルたち姉弟が館に来た時から知っているので、フリーダももちろん、顔見知りだった。

フリーダのことは箱入りで育てていたので、気安く顔を合わせたり、話したりしたことはなかっただろうが、出入りする館にいるきれいなお姉さんに、キリアンもポーッとしていたのをボリスも見たことがある。

「そのようだね」

カウチにすわり直しながら、ボリスが短く答える。

「……まさか、例の件と何か関係があるのでしょうか？」

低く聞かれて、ボリスは思わず黙りこんだ。

実のところ、それを恐れていた。

――ただ。

「遺体は出ていないからね」

淡々と指摘した言葉に、いくぶん重い沈黙が落ちる。

フリーダがこちらに来ていないか、とフェランド伯爵家から問い合わせがあったのがおととい。昨日はエドアルド自身が、足を運んで確認に来た。

その少し前からいなくなっていたわけで、すでにかなりの日数が経過していることになる。

もし関係があるのならば、すでに遺体が見つかっていていいはずだった。

その例の件、というのが、キリアンがわざわざディノスへ出向いてきた用件でもある。

王女のお供というのも嘘ではないが、むしろボリスと会うために、たまたまサヌアに滞在中の兄のもとへ遊びに来るという王女の警護として急遽、編入されたのである。

実はふた月ほど前、商人の娘が刺殺されるという事件がリーズで起きていた。

痛ましい出来事ではあるが、人がごった返しているあの大きな都の中で、日々いざこざは起こっており、ケンカ騒ぎもある。巻き添えを食って女性が殺されることも多かった。横暴な雇い主や夫の暴力、さらには通り魔的な事件も頻発しているし、強盗や強姦されたあげくに殺されることもまた、めずらしくはない。

犯人はまだ見つかっていなかったが、さして人々の注意を引く事件ではなかった。

……今のところは、だ。

しかし、騎兵隊の下士官相手に馬具などを卸している商人が、たまたまその被害者の両親と知り合いだったようで、その時の状況をガルシアの耳に入れたのである。

ガルシアはすでに近衛士官としては一線から退いていたが、剣術の師範として宮中へ出入りしていた。

『それがですね…、娘の右の胸には十字に刻まれたみたいなナイフの痕があったとかで。いや…、なんか大昔にそんな事件があったでしょう？　私がまだ二十歳過ぎだったんで、もう二十年も前ですかね…。あれは犯人もわかってて、もう死んでますし、たまたまだと思いますが…、いや、ふっと思い出しましてね。ゾッとしましたよ』

その話にガルシアは敏感にならざるを得なかった。

それで密かに、さかのぼって他にも殺された娘がいないかと調べさせると、あと二人、似たような殺され方をした娘が出てきたのだ。

場末の娼婦とお針子。

みんな町娘だったこともあり、暮らしていた地域も離れていて、今のところ、その三つの事件になんらかのつながりを感じている者はほとんどいないようだったが。

すでに遺体の状況がはっきりしない者もあったが、どうやら心臓を刺されたのが致命傷で、右の胸にも傷を受けていたという。

そして最下層の身分の者から、だんだんと段階を踏むように狙われる階層が上がっているのが気になった。

二十年前の——「血の枢機卿」。

あの時もそうだったのだ。

やはり大きな騒ぎになったのは、貴族の娘に被害者が出るようになってからだったが。

しかし、二十年である。

単なる偶然かもしれないし、あるいは誰かが二十年前の事件をなぞっているだけかもしれない。

いずれにしても、ボリスがこの事件のことをずっと気にかけているのを知っていたガルシアが、キリアンを使いによこしたのである。

七年前にカラブリアの宮廷から離れ、このディノスへ引きこもった時、ボリスはもう一つの役目——「ウルラ・オクルス」の長官としての地位も返上していた。

『王政は安定し、すでに貴族たちが反乱を起こす心配はありますまい。本来の役目は終わったものと存じます。お望みでしたらこれまで通り、宮廷や市井での大きな事件、それに臣下たちの動きにつきましては、ガルシアたちが陛下のお耳に入れることもできましょう。私が指揮を執るほどのことはございません』

そんな言葉で。

「ウルラ・オクルス」のボリスの仕事としては、貴族たちの引き起こした事件を調査したり、各階層から入り乱れて集まってくるさまざまな情報を分析し、つなぎ合わせて整理することで、宮廷の人間関係や利害関係をつかんでおくことである。

だが正直、少し疲れていたのかもしれない。

常につきあう人間の裏を読むような、そんな仕事に。

そして毎日、ジルの顔を見ながら、隠れるようにその任務を果たすことに。

国王にはむろん慰留されたが、ボリスは我が儘を通した。

『おまえにも見捨てられるわけだな…』

激昂されるわけでなく、ただポツリと、どこか自嘲気味につぶやかれて、さすがにボリスも少し胸が痛んだ。

……確かに、嫌気がさして逃げ出すことには違いないのだから。

この時点で——もちろん今でもだろうが——王のまわりが敵だらけだったわけではない。カラブリア宮廷の誰もが、王の命令を聞くはずだ。

ただだからといって、すべてが味方だったわけでもない。一人の人間として、国王に敬意と好意を持っているわけでもない。

王のまわりにいるのは、すべて「臣下」だったのだ。

王の命令を待つだけの人間。自分に逆らうこともなく、明らかな間違いを正そうともせず。違う角度からの意見を口にするようなこともない。

従順で臆病な、ただの人形だ。それでいて、自分の身を守るために小ずるく立ちまわる。

おそらく、真っ向から異を唱えるのは当時のファーレス侯爵くらいで——王は自分に楯突く侯爵に対して怒りを覚えていたわけではない。

自分に意見する唯一の人間が侯爵だったことが、よけいに腹立たしかったのだろう。

ローレン・ファーレスは、人材にも恵まれた男だった。彼を補佐する優秀な人間が、彼のまわりには数多くいた。堂々と反論し、意見を戦わせることのできる者たちが。

……そう。ジルもその一人なのだろう。

実際、彼らはプレヴェーサがカラブリアを離れた時、国王よりもローレンについていくことを選んだ。

だがもし国王が国を追われたとしたら、国王についていく貴族たちがどのくらいいるだろうか？

それを、自覚しているのだ。

わかっているだけにつらいのだろうな…、と思う。

王がもっと愚鈍で、まわりに祭り上げられる程度にしか政治に関わっていなければ、ある意味、もっと楽に生きられただろうに。

だからボリスも、役目を離れたとはいえ、今も時折「梟」の仕事を手伝っていた。

幸い――と言うべきなのか――サヌアは近隣諸国の貴族たちが多く集まる保養地である。

やはりそのような場所では、宮廷にいる時よりも開放的な気分になり、口も軽くなる。本人が近くにいなければ、勢い噂話にも花が咲く。

ボリスはそうした噂話を多く仕入れ、さらにカラブリアの貴族だけでなく、近隣の貴族たちからもそれぞれの国の情報を引き出しては、ガルシアに送るようにしていた。

またガルシアからは、判断に困ったらしい事案がたまに送られてきて、ボリスの意見や指示を仰ぐこともある。

そんな時はたいていキリアンが使いに来ていて、今回も同じだった。

なので、今は「ウルラ・オクルス」の長官ではなく、顧問といった形だろうか。……長官の席は、今も空いたままだったが。

「ガルシアはどう言っている？」

「おそらく…、間違いないと。例の点につきましては、最後の被害者にしか確認はとれていませんが」

淡々とした問いに、キリアンが答える。

「髪が切られていたんだね？」

わずかに目をすがめて確認したボリスに、はい、といくぶん固い返事があった。

「やはり一房だけ。目立たない部分を切っていたようです」

ボリスはそっと息を吐く。

二十年前――目につく特徴ではなかったので人の口に上ることはなかったが、被害者の女性の、長い髪が一房だけ、切りとられていたのだ。

すべての被害者についてその確認はとれていなかったが、気がついた時からは必ずチェックしていた。

「血の枢機卿」の事件が大きな噂になってからは、やはり同じように胸に傷をつけた遺体が急に増えていて――多くはうっかり女を殺してしまった時に偽装したのだろう。

それと区別するために、事件を調べていた者たちもあえて公にはしていなかった。

「事件は…、その三件だけ？」

「はい。わかっている限りですが」

顎を撫でながら尋ねたボリスに、キリアンが答える。

「つまり、最後の事件がひと月前か…」

ボリスは知らず眉をよせていた。

「二十年前の事件では、これほど間が空くことはなかったんですよね」

キリアンも考えるように低く言った。

二十年前と言えばキリアンはまだ八つだったわけだが、事件の概要は父親から聞いているらしい。

「ではやはり、単なる偶然だということでしょうか……？」

「偶然にしては細部が似すぎているけどね」

ボリスは慎重に答えた。

「ええ…、しかしフリーダのこととは…、やはり無関係でしょうね。サヌアで事件が起きているわけではありませんし。しかし行方不明なんて、いったい何があったんでしょうか……」

キリアンがため息とともに首をふる。

確かに、奔放な貴族の奥方が愛人と一緒に旅行に出かけるようなこともないわけではないが、フリーダに限って、と思う。しかも、まだ幼い子供二人を残して、なのだ。

それになにより、ボリスには気になることもあった。

「調べてほしいことがあるんだが」

「あ、はい」

唐突に言ったボリスに、一瞬とまどったようだが、キリアンがすぐに居住まいを正す。

「以前…、それこそ二十年以上前だ。フリーダやジルの生家――くわしいことはガルシアに聞けばわかるが、そこでジョルディという男が働いていたようだ」

「ジョルディ……ですか」

いきなり出てきた名前に、いくぶん面食らったようにキリアンがくり返した。

「そう。それが今はミランの家の婿養子になっているらしい」

「ミラン…、といいますと？」

「カラブリアの宮廷出入り商人だ。文具や雑貨を多く取り扱っていたと思うが」

「ああ…、あのミランですね。ずいぶん羽振りのよい大商人だと聞いています」

ボリスの説明に、キリアンが大きくうなずく。が、ふいに怪訝そうな表情になった。

「しかし、なぜその男を？」

当然の疑問だろう。

ふむ…、とうなずいて、ボリスはゆったりと膝を組み直した。

「実はフリーダがね…、一週間ほど前、ここを訪ねてきたんだよ。サヌアへ来たので、挨拶によったということだったが」

えっ？　とそれにキリアンが短い声を上げる。

「確かに少しおかしかった。ひどく落ち着かない様子で、混乱もしているようだったが……、その時に言っていたんだよ。昔店で働いていたジョルディがミランの家の婿になっている、と。どうやら、カラブリアの宮廷でその男を見かけたようでね」

「はあ…」

いくぶん要領を得ないように、キリアンが口の中でつぶやいた。


「確かに少しおかしな話だ。ミランとフリーダの父親とは、いわば商売敵ということになる。そんな男が希代の殺人鬼だった男の家の使用人を、わざわざ娘婿に迎えるだろうか？　同じ商売なら顔見知りも多かろう。商人ならば外聞を気にしそうなものだがね」

あっ…、とキリアンが小さく叫んだ。

そもそも、使用人と自分の娘とを結婚させるのもめずらしいが、跡をとらせるつもりなら、自分の家で働いている男を選びそうなものだ。

それをわざわざ商売敵の家の使用人――しかも、大罪を犯し、取り潰しになった家の男だ。

あるいはそれだけ、腕を見込んだ商才のある男なのかもしれないが……。

「もちろん主人が殺人鬼だからといって、使用人に罪があるわけではない。ミランはそれを気にしないだけの高潔な人物であるかもしれないがね…」

　しかし商人というのは、総じて計算高いものである。あるいは、娘婿に迎えてもおつりが来るくらいの逸材ということだろうか。

「その男のことを少し調べてみてくれないか？」

「わかりました。できるだけ早く、ご報告に上がります」

　ピシリ、とキリアンが答える。

「今回の事件もね。くわしいことがわかったら知らせてくれ」

「はい」

　では、と一礼したキリアンにボリスはうなずいて見送った。

　無関係――だと思いたかった。

　よみがえった「血の枢機卿」と、フリーダの行方不明とは。

　フリーダにしても、今は過去を忘れて幸せに暮らしていたのだ。

　しかしふいに、過去を思い出させる男と再会した。

　――この、タイミングで。

　それだけが少し、嫌な感覚だった。

2

　ボリスの館を飛び出したジルは、そのままとって返すようにサヌアの街へもどってきた。

　裏切られたような、腹立たしい思いで胸がいっぱいだった。

　ジルとしては、本当に姉の行方がわからないのなら、ボリスと一緒に捜すつもりだったのだ。以前、ボリスの仕事を手伝っていた時みたいに。一緒に捜そう、と言ってくれるものと思っていた。

あんなふうに……他人行儀に突き放されるとは、思ってもいなかった。

友人関係をあたって簡単に見つかるものなら、もうとっくに居場所がわかっていていいはずだ。

ジルのところに問い合わせるくらいなら、もっと事態は深刻なのではないかと思う。

サヌアに帰り着いたジルは、そのままの勢いでフェランド伯爵家に乗りこもうかと思ったが、考えてみれば別荘の場所もわからない。

いや、場所自体は探すことは難しくないはずだった。エイメにでも――その執事にでも尋ねれば、即座に知れる。

しかし何と言って乗りこむかは問題だ。

行方不明という以上、その別荘に姉がいるはずもなく、フェランド伯爵はジルのことを義弟とは認識していない。あるいは、ボリスの館で見かけた顔だ、というくらいの記憶はあるかもしれないが。

だとすれば、さらにややこしいことになる。

いきなり訪ねてフリーダのことを尋ねても、どういう関係かと聞かれ、ヘタをすると浮気相手と疑われかねない。

しかしとにかく、中へ入りこんで話を聞かなければ、手がかりもとっかかりも見つけようがなかった。

どうすれば正体を知られず、伯爵の一家に近づけるだろう――？

たまに来るだけの別荘であれば、もともと多くの使用人がいるわけではない。主人一家がやって来れば、手が足りずに臨時雇いを入れることもありそうだ。しかし下働きで、というには、ジルは年を食いすぎている。

それに、できればもっと奥向きの仕事の方が内情を探れそうでもある。

――とすれば、やっぱりアレか……。

ジルはいくぶん深いため息をもらした。

いずれにしても、きちんとした紹介状があればなんとかなりそうな気がする――し、エイメに頼めばたやすいことだろうとは思う。

だが私事にプレヴェーサを関わらせるようなことは、できるだけしたくはなかった。とりわけ、エイメを巻きこむようなことは。

そもそもエイメとボリスとはツーカーの仲、というか、家族同然で、ジルが何か頼めば、そのままボリスの方に情報が抜けかねない。

……いや、知られて困るわけではないが、邪魔されてはまずい。

すでに日は落ちて、街は徐々に夜の姿へと変わり始めていた。

ジルはいったん、馬を返しに艦までもどった。

ジルがふだん乗りこんでいるのは「膨れっ面（ブードゥーズ）」という名のフリゲート艦だ。膨れっ面をした少女のフィギュアヘッドを戴いている。

艦長はアヤース・マリク。「悪魔殺し（カーチャ・ディアーブロ）」の名で呼ばれる、プレヴェーサの生きた伝説だ。

世間からの畏怖（いふ）と恐怖、仲間からの信頼と憧憬（しょうけい）を一身に集める男。

……もっとも副官の身からすれば、言いたいことは山ほどあったが。

「あれー？　ジルさん、里帰りじゃなかったんっすかー？」

艦が港に着けば、ほとんどの乗組員は陸（おか）に上がって酒か女にくり出す。が、運の悪い当番の男だろう、ひょい、と艦の上から桟橋（さんばし）に顔を出して、間延びした声で尋ねてきた。

「ちょっと忘れ物があってね。またもどるよ。……アヤースは？」

聞きながら、ジルはちらっと沖にある大きな黒い影を眺めた。

プレヴェーサの旗艦（きかん）である「ベル・エイメ」だ。かなりの大型艦なので、サヌアの港では水深が足りず、沖に停泊している。

「えーっと…、ゆうべは旗艦に泊まったようですけど、今晩は多分、エイメ様のお館じゃないかな…。カナーレと一緒だったし」

とすると、そちら泊まりだろう。

うなずいてから、ジルはわずかに声のトーンを落として尋ねた。

「そう言えば、サッポーの女房のメリサがこっちにも店を出したと聞いたが…、場所を知らないか？」

その問いに、ひへっ!? と男が素っ頓狂（すっとんきょう）な声を上げた。

「……何か？」

まん丸く見開いた目でジルを見下ろしてきた男に、ジルは首をかしげる。

「あ…、いえ、ジルさんでもそういう店に行くのかと……」

へへへ…、とあわてて引きつった愛想笑いを浮かべて頭をかいた。

サッポーというのはモレア海随一の自由貿易港があるパドアの商人だが、その女房は高級娼館を営んでいる。

それが最近、このサヌアに支店を出したと耳にしていたのだ。

「そういう用じゃないけどね」

ジルはむっつりとうなったが、男が信じているかどうかは疑わしい。……まあ別に、男が娼館へ行くくらい普通のことだ。疑われたところで困りはしないが。

「えっと、確か教会から東に入ったところの——」

男の説明を聞きながら、ふっと、ジルは海とは逆の市街地に視線を上げた。

この暗さではすでに教会の屋根は見えないが、そのずっと奥、いくぶん小高い山の手には、まばゆいような光を放っている場所がいくつもある。貴族たちの別荘だろう。

今宵もあのあたりでは、舞踏会やら夜会やらが開かれているらしい。

風光明媚なサヌアは古くから貴族たちの保養地であるだけに、もともとがお上品な街ではあるが、貴族たちが集まるということは、それに仕える人間たちも多く集まってくるということである。

そんな庶民を相手に、当然ながら歓楽街も存在していた。

昼間は貴婦人たちが優雅に散歩をする海沿いの大通りから、一区画ほど裏に入ったあたりだろうか。

艦に残っていた連中にいくつか頼み事をしてから、ジルは教えられた道を進んでいった。

華やかというよりは、いくぶん猥雑（わいざつ）な明かりの中、酔った男たちの笑い声や怒鳴り声、女たちの呼び込みや嬌声（きょうせい）が入り乱れる。

メリサの店は、そんな場所から少し奥へと外れたところで、なるほど「高級娼館」を標榜（ひょうぼう）しているだけのことはある。

酒場などが軒を並べるあたりからは離れ、貴族の隠れ家といった風な、こじゃれた館だった。

派手派手しい看板があるわけでなく、女たちの呼び込みもない。

パドアの「本店」もそうだったが、金持ちの商人や下級貴族あたりを相手にしている店だ。

女将のメリサは相当にがめつい女なので、それなりの対価をふんだくられるわけだが。

なんとなくちらっとまわりを見まわしてから、ジルはノッカーを打ち鳴らした。

すぐにカチャリ…とドアが開き、若いきれいな娘が顔をのぞかせる。

色っぽいというより、清楚な雰囲気だ。しかし上目遣いにジルを見た眼差しは、どこか誘うようにコケティッシュでもある。

いらっしゃいませ、とにっこり微笑むと、ジルを中へ通した。

薄暗い玄関ホールには香が焚かれ、一夜の夢の国へ誘うような独特の空気がある。

建物自体はそれほど新しいわけではないが、店は開いたばかりだったのだろう。壁紙や修理したらしい階段や手すりが、少しばかり屋敷の古さとは馴染んでいない。

「初めてでいらっしゃいますね？　どなたかのご紹介でしょうか？」

外套を受けとろうと手を伸ばしながら、娘が涼やかな声で尋ねてくる。

「それとも…、誰かご指名が？」

「ええと…、そうだな」

ジルはどう話を切り出すべきか、ちょっと迷った。

顔見知りの女がパドアの店からこちらに移っていれば、話が早いと思ったのだが。

――と、その時だった。

「おやおや…、ひさしぶりだね、プレヴェーサの兄さん」

上の踊り場あたりから、客の様子をうかがっていたのだろうか。

いきなり聞き覚えのあるしゃがれた高い声が耳を打った。

あえてだろう、燭台の数を抑えた薄暗い中で、ジルが二階の方に目をやると、女が一人、いかにも重そうな身体を揺らしながらゆっくりと階段を下りてきた。

相変わらず、キセルが手放せないようで、ぷかり…、と白い煙が大きく結い上げた頭の上に立ち上る。女将のメリサだ。

「ああ…、こちらにいらしてたんですね。私を覚えていますか？」

ジルはちょっと瞬きして、愛想よく微笑む。

予想外だが、なるほど、新しく開いた店が軌道に乗るまで、あるいは娘たちの指導のためか、サヌアに女将自ら足を運んでいたようだ。

「ああ…、もちろん覚えているともさ。アヤースの副官だったね？　ジル……っていってたかね」

「その節はお世話になりました」

丁重に頭を下げたジルに、メリサがからからと笑った。

「あの時はうちの娘たちも楽しませてもらったさ」

ちょうど一年ほど前になる。

ジルたちはある事情があって、ニノア同盟国の盟主であるオルセン大公の邸宅に忍びこまなければならなくなった。

その時に、メリサとメリサの「娘たち」の協力のおかげでうまく入りこむことに成功したのである。

「プレヴェーサの艦が港に入ったってのは聞いてたけどね。あんたんとこの統領もあんたの艦長も近よりゃしない。薄情だねぇ…」

女将がいかにもな愚痴と嫌味をぶちまける。

「申し訳ありません。統領はこちらに母君がお住まいですからね。お膝元でオイタはできないでしょう」

そしてアヤースはといえば、今は片時も目の離せないやっかいな恋人がいるので、娼館に遊びにくる暇などないわけで。

「で、あんたが遊びに来てくれたってわけかい？」

にやり、と笑った顔が魔女のようだ。……いささか太り気味の、だが。

「女将さんご自慢の娘さん方とは一度お手合わせ願いたいとは思いますが…、実は今日は別のサービスを受けたくてよらせてもらったのです」

「ほう…？　というと、例の？」

おもしろそうに女将が目を細める。

どんな女性に対しても常に丁重なジルは、少なくともアヤースよりは女将に受けがいいらしい。

「はい。例の」

ジルもにっこりと微笑み返す。

「そりゃ、払うものさえ払ってくれりゃあ、異存はないさね」

しかしもちろん、メリサのがめつさが変わるわけではなかった……。

それから一時（いっとき）ほど。

ジルが港から眺めた光の一つ、ジェンティーレ大公の屋敷の前に一台の馬車が到着した。

鉄門をくぐると、屋敷の大きな玄関の扉が今夜は大きく開け放たれたままで、中からは優雅な音楽と笑いさざめく声が流れ出している。

扉の前に立っていたドアマンが馬車のドアを開き、慣れた様子でジルに手を貸してくれた。

——他の貴婦人に対するのと同様に。

多少大柄だったことが、いささか違っていたくらいだろうか。

ジルはメリサの館でドレスを借り、髪を結い、化粧の指導を受けたのだ。

貴族の子女に化けるつもりはなく、若草色の落ち着いた色のドレスに、喉元には大きめのベルベットのチョーカー。

身につけていた宝石などはやはり借り物で、最小限だったが、身のこなしや佇まいは堂々としたもので、誰も疑う様子はなかった。

「大変失礼ですが、お名前をおうかがいできますでしょうか？」

これまで訪れたことのない客で、当然ながら覚えがなかったのだろう、尋ねてきたドアマンに、ジルは艶やかな笑みで答えた。

「メルリーク伯爵令嬢にお言付けを預かってまいったものでございます。……内密に、さる御方からですが」

いかにも意味ありげにトーンを落としてつけ加えた言葉に、男はハッとしたように身体を緊張させ、ど、どうぞ——、とあわてたようにジルを中へ通した。

メルリーク伯爵令嬢は現在、カラブリアの王太子との間に婚姻の噂が出ている女性——その筆頭であり、王太子も現在このサヌアに滞在している。

とすれば……と、「さる御方」を勝手に思いこむのは、この男の自由だ。

ジェンティーレ大公はこのサヌアを領地にしているニノア同盟国十三大公の一人だが、もちろんこのような舞踏会に王太子を招待していないはずはない。

が、ジルはメリサの店にいく前に、あちこちに人をやって少し調べさせていた。

今宵開かれている舞踏会、夜会の類で一番大きなものが、このジェンティーレ大公の主催する舞踏会で、サヌアに滞在している主だった貴族たちが招待されている。

地元の元首だけに、賓客たちをもてなす意味もあるのだろう。大公は貴族たちが集まる季節には、連日のように夜会を開いていた。

しかし今夜の舞踏会には、王太子は体調が悪く欠席しているようで――もともと身体が丈夫な方ではないのだ――、ジルにとってはいい口実になったわけだ。

とりあえず今夜は、姉の夫であるエドアルド・オルボーン――フェランド伯爵の顔を確かめておこう、と思っていた。

なにしろ、最後に顔を見たのも十年前なのだ。

妻が行方不明の中、こんな舞踏会に出席するのもどうかとは思うが、もし本気で浮気を疑っているのなら、腹いせか気晴らしという思いがあるのかもしれない。

まあ、そうでなくともこういう集まりは社交的なつきあいでもあり、比較的最近サヌアへ来たのなら、他の貴族たちへの挨拶の意味もあるのだろう。

好意的に考えれば、誰か姉の行方を知らないか、その聞きこみに――かもしれない。

もっとも恥をさらすことはできないので、そうおおっぴらに聞いてまわるわけにはいかないだろうが。

ジルは落ち着いた様子で、屋敷の中へと入っていった。

以前、同じように女装してオルセン大公の館に忍びこんだ時は、厳重な警戒下だったのでかなり苦労したものだが、今回はそういうわけではない。保養地という貴族たちも気楽な、開放的な気分になっている場所でもある。

それなりの身なりと態度であれば、まず怪しまれることはなく、自由に動くことはできた。

さすがに自身の領地だけに、ジェンティーレ大公の館は別荘とはいえ、ふだん暮らしている大邸宅と同じくらいの規模がある。他の貴族たちの別荘とは比べものにならないほどの広さだった。

玄関ホールを抜けた右手には大きなサロンが広がり、左手には舞踏室だろう。華やかな音楽が溢れ出している。

そのまま玄関ホールを突っ切ると裏庭に出られるようになっており、夜の散歩としゃれこんでいる者たちもいるようだ。もちろんハメを外し、二階の客室にしけこんで夏の思い出を作っている者たちもいるはずだ。

相当な招待客の数で、どこから捜していいのやらさすがにちょっと途方に暮れるが、ジルは手っ取り早く、屋敷内を細かく動きまわっている給仕や従僕を捕まえて、「フェランド伯爵はどちらに？」と尋ねてみた。

すると三人目でようやく、「先ほどは東のテラスの方でお見かけいたしました」という答えが返る。

東のテラスというのは、屋敷の一番東の端から回廊でつながっている東屋のような場所だった。側には噴水もあり、涼しげな風情だ。

もしどこかの女と逢い引きとかしていたらどうしてやろうか…、と思いつつ、そちらの方へ足を向けたジルは、ふっと足を止めた。

薄暗い中、エドアルドは一人のようだった。

タバコを吸っているらしく、白い煙がまっすぐに月明かりの中で立ち上っている。

何か考えこんでいるような、険しい横顔だった。

少しは心配している…、ということだろうか？

あるいは妻の不貞を疑い、憂いているのか？

もともと痩せ気味の体格だったが、やはり伯爵位を継いだという責任感のせいか、十年前からすれば少しばかり貫禄がついたようにも思う。

三十五、になったのだろうか。姉とは五つ違いだ。姉に求婚したのは一番早く、それを耳にして、そのあと二、三人があせったように申し込んでいたようだが、姉が選んだのはこの男だった。

生真面目で実直な男だという印象があった。

姉を愛している——と思っていたが、もっとも夫婦のことはわからない。十年の間に何か亀裂が入ったのかもしれないし。

ここで直接声をかけてみて、なんとか館に入り込めないだろうか、とは思ったが、さすがに見ず知らずの人間を簡単に雇い入れるほど警戒心が薄くはないだろう。……し、色仕掛けが通じるようでは、そもそも問題ではある。

やはりどこかから紹介状を手に入れるのが基本だが、さすがに正式なものは——エイメ以外からでは——無理だろう。

とすれば、偽造するしかない。

もともとそんなに長く務めるわけでなく、エドアルドたちにしても、避暑地に滞在するのはせいぜい数カ月だ。その間の子供たちの世話係。姉がいなくなったのなら、その手配は必要なはずだ。

問題がなければいちいち相手先に問い合わせるようなことはしないだろうから、サヌアに来ていないカラブリア貴族の中で、そこそこ名前のある人間を適当に選べばいい。

残された子供たちの家庭教師という身分であれば、

やはり小さな子供のいた家で――。

そんなことを頭の中で計算していた時だった。

「――おい、エドアルド！　こんなところにいたのか！」

少しばかり酒の入ったような陽気な声が、遠くから呼び掛けてきた。

あっと、ジルは素早く物陰に身を隠す。

「やあ…、ひさしぶりだな、ルイス。……イサベル、あなたもお元気そうでなにより」

エドアルドもハッとしたようにタバコを手元で消して立ち上がると、一瞬で穏やかな表情を作ってみせた。

友人だろうか。親しげな握手を交わし、夫人らしい女性の手をとる。

ジルは思い出せなかったが、領地の関係で、宮廷よりは避暑地でよく顔を合わせるような知り合いも多いはずだ。

「会えてうれしいよ。どうだ、近々、また釣りに行こうじゃないか」

親しげな様子でエドアルドの肩をたたく。

「もう、この人ったらそればかりなの。……あら、お一人なの、エドアルド？　フリーダは一緒じゃなかったのかしら。ひさしぶりにおしゃべりできると思って楽しみにしていたんですけど」

何も知らないらしい女性の不審そうな声に、エドアルドがさらりと答えた。

「申し訳ありません。妻はこちらに来てから少し体調を崩しておりまして」

淀（よど）みのない嘘。

まあこのへんは、貴族であれば普通に身につけている処世術かもしれない。

「まあ…、それはいけないわ」

「長旅で疲れたのかもしれません」

「……ああ、そういえば先ほど、アベル・オルボーンをお見かけしましたわ。サヌアへは初めておいででしたのね」

「そうでしたか。彼が来ているんですね」

初耳だったようで、エドアルドがわずかに驚いたようにつぶやく。

オルボーンということは一族の男だろうが、ジルには覚えのない名前だ。

「だったら挨拶しておかないといけませんね」

そんな言葉とともに、三人は連れ立って屋敷の中へともどっていった。

その背中を見送って、ジルはちょっとため息をつく。

とりあえず屋敷の中をざっと見てまわって、来ている貴族の顔をチェックしなければならなかった。

むしろ、誰が来ていないのかをチェックするわけだが。

ジェンティーレ大公の夜会であれば、サヌアに滞在中のたいていの貴族たちは顔を出しているはずである。……まあ、エイメなどはほとんど出てないようだったが。

もちろんジルが顔を知らない貴族もいたし、カラブリアだけでなく、近隣の貴族たちも多いので、かなりやっかいだ。

さりげなく人に尋ねながら、目立たないように確認していく。

しかし一時間もするとさすがに疲れて、サロンを出た廊下の隅で、ベンチに腰を下ろして休んでいる時だった。

「——ジルちゃん!?　ジルちゃんじゃないかっ！」

いきなり響いてきた高い声に、へっ？　とジルは顔を上げた。

こんなところでいきなり名前を呼ばれるのも驚いたが、ちゃん付けで呼ばれるような相手にも心当たりがない。

しかも今のジルは——この格好なのだ。

「あ、あの……？」

声は階段の上から聞こえてきて、その主がバタバタと駆け下りてきた。

「ジルちゃんだよねっ？　うわあ…、うれしいな！　こんなところでまた会えるなんてっ」

いかにもうれしそうな弾んだ声で言われ、しかしジルは目の前に立った男に見覚えがなかった。記憶力に自信はあったのだが。

二十代前半というところだろうか。さほど背は高くないが愛嬌（あいきょう）のある顔立ちで、身なりのよい貴公子である。甘めの、なかなかの美形、と言えるかもしれない。

「え…ええと…」

どなたでしたっけ？　とはさすがに聞けず、ジルは愛想笑いを返した。

「嫌だなぁ…、僕だよ。ロランだよ。オセラ家の」

「ロ…？」

にこにこと大きな笑顔で言われて、瞬間、ジルは固まってしまった。

——ロラン公子？　オセラ家の？　あのバカ息子……？

あんぐりと口を開け、呆然と男を見つめたまま言葉にならない。

オセラ家はニノア同盟国の十三大公の一つなので、ここにいてまったくおかしい人物ではない。

が、しかし。

ロラン公子はおよそ一年前、オルセン大公の館に忍びこむ際に利用した――いや、協力してもらったのだが、当時は……何というか、やたらと贅肉が多く、顎も腹も頬も垂れ下がった状態で、常にポケットは菓子でパンパンに膨らませているようなお坊ちゃんだった。

……のだが。

今、目の前にいるのは、まるで別人だ。

すっきりと痩せたその体型からして。

「ロ、ロ、ロラン公子……？　本当にロラン公子ですの……？」

愕然とつぶやいたジルに、「ひどいなぁ、ジルちゃん。僕のこと、忘れるなんてっ」と公子が口を膨らませている。

どうやら変わったのは体型だけで、精神年齢の方はさして成長していないらしい。

以前会った時もジルは女装していたので、どうやら女だと思ったままのようだ。

「いえ…、あの、ず…ずいぶんお姿が変わられましたので、驚いてしまって」

ジルはあわててとりつくろう。

「うん…。ほら、アウラちゃん……、子供産んじゃっただろう？　僕、ショックで寝こんじゃったんだよ。食べ物もしばらく喉を通らなかったし…、お母様にはそんなふしだらな女とは絶対に結婚を認めないって言われちゃったし」

公子がしょんぼりと肩を落とす。

「そ、そうでしたの……」

ひくっ、と頬を引きつらせながら、ジルはなんとか返した。

もともとアウラに公子と結婚するつもりなど、毛頭ないわけだが。

公子は昔から、ファーレス家の双子の姉であるアウラに一方的な恋心を抱いていたらしく、……なるほど、出産したというのがよほど衝撃だったようだ。

以前に少しばかりその気にさせてしまったのは罪なことだと思っていたが、まあしかし、ロラン公子の減量に貢献したのであれば、それはそれでいいことかもしれない。

「もしかしてアウラちゃん、来てるのかなっ？」

急に思い出したようにそわそわとあたりを見まわして、期待いっぱいにロラン公子が尋ねてくる。

「いえ、姫様は今、サヌアにはおいでになりませんので」

「そうかあ…。残念だな。でも、ジルちゃんとここで会えるなんてっ。僕、あの夜のことは一生忘れないよ…！」

こんなに痩せるほどショックだったくせに、案外、切り替えは早い気がする。

潤んだ目でぎゅっとジルの両手がとられ、ジルは思わず身を引いてしまったが、後ろは壁だ。逃げる場所もない。

「そ…それは光栄でございますけど」

……しかしジルとしては、あんまり覚えていたい記憶ではない。

「ねえ、ジル…。君さえよかったら、僕のところに来ないか？　そりゃあ妻に迎えるというのは無理かもしれないけど……」

――愛人かい。

意味ありげに言われ、ケッ…、と思ったものの。

あ、と思いついた。

「ねぇ…、ロラン公子。実はわたくし、公子にお願いがあるんですけれど」

にっこりと微笑み、男の肩口に片腕と顎をのせて、耳元でささやくようにジルは言った。

サービスに軽く、耳たぶを噛んでやる。

「な…ななななんだい？　僕にできることだったらもちろん…っ」

ロラン公子が一瞬に生白い肌を紅潮させ、声をうわずらせる。

ジルが指先でうなじのあたりをすうっと撫で上げると、すでに視線もまともに定まらないようにきょときょとする。

「オセラ家でわたくしの紹介状を書いていただけません？」

翌日、ジルはロラン公子の紹介状を持って、フェランド伯爵の別荘を訪れた。

昨夜はあれから手近な部屋にロラン公子を連れこみ、その場で紹介状を書かせた——いや、書いてもらったのである。

私事にエイメを巻きこむのは気が引けるが、ロラン公子ならまったく心は痛まない。

執事に面会を求め、こちらには小さな子供がいるそうなので、滞在中の家庭教師に雇ってもらえないか、という話を切り出すと、しばらく応接室で待たされてから、いきなり主人——エドアルド・オルボーンが姿を見せた。

「君か？」

鋭い眼差しでジルを眺めてくる。

どうやら自分の目で確かめにきた、ということのようだ。

ジルはあわてててすわっていたソファから立ち上がり、丁重に礼をとる。

「紹介状は立派なものだが、経験はあるのか？」

どさり、と目の前のソファに腰を下ろしながら、男が尋ねてきた。

「はい。夏にはサヌアにご滞在中の方々の、お子様の面倒をみております」

いくぶん視線を落とすようにして、ジルは丁寧に答えた。

「言葉は？」

「数カ国語は。音楽やダンスなども少しは」

昔、ボリスに与えてもらった教育のおかげだ。

……もっとも一番得意なのは剣術ではあったが。

「おまえは……」

と、ふいにエドアルドの口調が硬くなり、言葉を途切れさせる。代わりにじっと、刺すような視線を感じた。

一瞬、バレたかとひやりとする。

名前は、一応「ジュリア」を本名として、名字は適当に伝えて書かせたのだが。

エドアルドと何度か顔も会わせたことはあったが、さすがに十年も前で、ボリスの従者というくらいの認識しかないはずだ。それももちろん、男として。

しかししばらくして、エドアルドがそっとため息をついた。

「ちょうど子供たちに家庭教師が必要だと思っていたところだ。難しい年頃だが、君になら懐くかもしれん…。どこか妻の面差しがあるからな」

そんな言葉に、さすがにジルは息をつめる。

が、他意はないようだった。

「ありがとうございます」

ホッとしてジルは礼を口にする。そして、強いてさりげない調子で続けた。

「では…、奥様にもご挨拶を」

さすがに一瞬、エドアルドと執事との間で微妙な緊張の糸が張った。

「いや…、妻は実家の用で国に帰っている。だからこそ、家庭教師が必要なんだ」

それでもエドアルドが平静な表情のまま、さらりと言った。

「わかりました。では、精いっぱい務めさせていただきます」

ジルも納得した素振りでうなずく。

ともあれ、これでなんとか姉の家には入り込めたようだった——。


それからすぐ、侍女に部屋へと案内され、とりあえず準備してきた荷物をおいた。

家庭教師という身分だったので、地下の使用人部屋でなく、こぢんまりとはしているがきちんとした一室だ。子供たちの部屋とも近いようだった。

『ホント、あんたは化粧映えするねえ…。うちの娘たちがほっとかないはずだよ』

と、メリサに感心したように言われたが、入れ替わり立ち替わりジルのところに「娘たち」がやって来ては、使いやすい化粧道具やら、髪飾りやらを持ってきてくれた。あるいは、喉元まで隠れるドレスや小物——胸の詰め物とか——をまとめて貸してくれたり。

カバンにはそんな小道具をつめてきている。

そのあとで初めて姪と甥に対面したのだが、さすがに少し、胸に来るものがあった。

今までジルには、姉しか血を分けた家族はいなかった。しかしあと二人、ここにいることを初めて実感したのだ。

それと同時に、姉にとっては自分より大切なものができたんだな…、という一抹の淋しさと。

姉のソフィアが八歳。弟のレオナルドが四歳。ちょうど姉とジルの年の差と同じだった。

ソフィアはやはり姉によく似ていて――ジルたちの母にも似ている、と思う。レオナルドは父親似のようだった。

初めはとまどい、人見知りしていたような子供たちだったが、やはり知らなくても血はつながっているということだろうか。

二日ほどすると、ようやく慣れて、むしろジルから離れずつきまとうくらいになっていた。

「お母様…、急にいなくなったの」

何気ない調子で姉がどこへ行ったのか尋ねてみたが、そんなふうな答えが返るだけだった。

弟は単純に淋しがり、会いたがっていたが、姉はやはり不安そうだった。

何かおかしい…、ということに気づいているのかもしれない。あるいは父や、他の使用人たちの雰囲気を敏感に感じとって。

ジルは子供たちの面倒を見つつ、お昼寝の間や、合間には屋敷の中を探ってみた。

特に姉の部屋にこっそりと入って、何か手がかりはないかと調べてみたが、そもそも姉がサヌアに来てから、まだ数日しかたっていないのだ。

それからなによりも、ジルは使用人たちの噂話に聞き耳を立てた。さらにはできるだけ気安く話しかけ、親しくなって、自ら話を仕入れた。

概して使用人たちは、噂話が好きなものだ。

この日もジルは子供たちがお昼寝をしている間、使用人たちとおやつをもらっていた。

厨房の隣にある、使用人たちのダイニングルームである。

下働きの、若い娘ばかりが三人。新参のジルに対して、先を争うようにいろんなことを教えてくれる。

姉は「奥様」としては、しっかりとしたタイプだったようだが、口うるさいわけではなく、使用人たちにとっては仕えやすい女主人だったようだ。

奥様の「失踪」については、さすがに箝口令が敷かれていたが、娘たちの間では無責任にいろんな憶測がされていた。

やはり突然のことで驚き、とまどっている、というのが本心らしいが、それでも「許されざる恋に落ち、恋情の波にさらわれるまま、その相手との駆け落ち」説が、なんとなくロマンチックで乙女心をくすぐるのか、一番人気である。

彼女たちの頭の中では、誘拐とか殺人とか、そんな物騒な事件に巻きこまれた、という考えはないようだ。

あやしい人物が屋敷のまわりをうろついていたというようなこともないらしい。

「でも奥様にそんなお相手は思い浮かばないのよねえ…。それほどしょっちゅう会ってらした殿方もいらっしゃらないし」

「そもそもあまり外出される方じゃないでしょう？　夜会とかもめったに出られなかったから」

「ほら、だから。旦那様が疑ってらっしゃるのは、あの方なんでしょう？」

年かさの一人の言葉に、知らなかったのか、他の二人が食いついた。

「えっ、あの方って？」

「誰っ？」

ジルも口は挟まないまま、思わず息をつめる。

注目を浴びた娘が、リンゴをかじりながら得意そうに言った。

「あの方よ。奥様のお父様。だって、血はつながってないいんでしょう?　ボリス・デラクア様」

3

フリーダの姿が消えてから、二週間以上がたっていた。

正直なところ、ボリスにしてみればほとんど絶望的なくらい悪い方にしか考えられないが、やはり決定的な――遺体が見つからないことが救いだとは言える。

もちろん、遺体が見つからない事件などいくらでもあるわけだが。

そしてさらに悪い知らせが、ボリスの耳に入ってきた。

サヌアで若い娘の遺体が見つかったのだ。

やはり右胸に十字を刻まれて。

宿屋を営む夫婦の娘で、看板娘だったらしい。それがむごたらしい姿でさらされたのだ。

しかもこのサヌアでの被害者は、その娘が二人目だった。

一人目は三週間ほど前、サヌアでも海岸沿いの、隣の領地との境あたりで発見されていた。しかし崖から落ちたところで見つかった遺体の損傷は、かなり激しく、右胸の傷もその時は他の擦り傷と一緒になって、さほど注意を払われなかった。

それがサヌアの街中で起きた事件のおかげで、気がついた者が届け出たらしい。

そうなると、しばらく前から起きているリーズの事件も関連づけて考えられ始める。

人々の口にも、次第にその噂が上るようになっていた。

二十年前の――「血の枢機卿」。

あまりにも似ている、と。

「しかし、二十年前の事件ではすでに犯人が捕らえられていますからね。……少なくとも、一般にはそう考えられています」

キリアンが深刻な顔で口を開いた。

ディノスのボリスの館である。

彼は一度リーズへもどっていたが、サヌアでの事件の報を聞いて、再びディノスまでやって来ていた。

決して短い距離ではないので、かなり体力を使ったことだろう。もっとも海路であれば、まだかなり近い。商船にでも乗りこんで来たのだろうか。

「だが実際には捕まっていなかった。……おそらくな」

口にして、ボリスは思わず目を閉じた。

二十年前。

実はあの事件の犯人は貴族、もしくは貴族に仕える者ではないかと、「梟」たちは考えていた。

誰、と目星をつけるところまではいかなかったのだが、殺された貴族の娘の行動を考えると、ジルの父親のような庶民ではなかなか近づけない場所で殺されていたのだ。

ただジルの父親は宮廷出入りの人間でもあり、直接の捜査に当たっていた警備兵たちに押し切られた形だった。家探しで具体的な証拠――血まみれの短剣が見つかっていたことも痛い。さらに、偽証させたという事実と。

「では…、二十年前の犯人と同じ人間が、とお考えですか?」

その問いに、ボリスはソファに腰を下ろしたまま、無意識にこめかみのあたりを押さえた。

「だとすれば、どうして二十年もの間、事件を起こさなかったのか、というのが疑問になる」

「せっかく身代わりのように犯人が捕まってくれたのだから、それを機会に自制したということではないのですか？」

キリアンの言葉に、しかしボリスは眉をよせる。

「病的な殺人鬼だ。そんなに簡単に自制できるものかな……」

ボリスは指で唇を撫でながら、むしろ自分に尋ねるようにつぶやいた。

「そしてまた今、始めた理由もわからない」

「そうですね…」

ふぅ…、とキリアンが肩で大きなため息をつく。

「実は…、都の方ではその理由に合う犯人の名がささやかれているんですよ」

いかにも苦々しいその言葉に、うん？　とボリスは顔を上げた。

「どんな？」

「今度の犯人は……息子なのではないか、と」

いくぶんためらいがちに言ったキリアンに、ボリスは思わず、言葉を失った。

息子。つまり――。

「二十年前の犯人には息子が一人いたはずだ、と。父親の血を受け継いだその息子が、今度は父と同じように殺戮に走っているのではないか……と」

つまり、ジルが。

ボリスは大きく息を吸いこんで、首をふった。

考えられない。という以前に、あり得ない。

リーズでの事件が起きている間、ジルはモレアの海にいたはずだ。海賊たちと一緒に。

いちいちリーズに行って殺してまわっている暇などない。

とはいえ、それを公表することはできなかった。

犯人は息子かもしれない、という無責任な噂話は、三人もたどれば、犯人は息子なんだそうだ、ということになる。

そんな噂が広まる前に、なんとかしたかった。

「ただリーズでの三件とサヌアでの二件が同じ犯人だとすると、ある程度絞られるかもしれないね」

冷静にボリスは指摘した。

「はい。当時リーズにいて、今はサヌアにいる人物ですね。……ただ、該当する人間は多いと思いますが」

避暑地外交のオンシーズンだ。ちょうどそのくらいに、カラブリアから移ってきた貴族たちは多い。下士官やその従者たちまで含めると、相当な数になる。

まあ、今サヌアに滞在しているカラブリア貴族のほとんど、と言えるわけで、フェランド伯爵からしてそうだ。

「いったい何歳くらいの男なんでしょうね…？」

キリアンがちょっと思案するようにつぶやいた。

「当時二十歳とすれば四十。三十だったら五十…というところですか」

年齢については、当時もまったくわかっていなかった。

もし同年代であれば、どんな気持ちで殺しているんだろう…、と思う。

「それで、調べてもらった方は？」

思い出して、ボリスは報告をうながした。

ちょうど、ボリスの頼んでいた「ジョルディ」という男の情報もそろえたところだったようだ。

「は。ジョルディという男が、確かにミランの娘婿になっていますね。以前はジョルディ・バレーラといったようで、間違いなくジルの父親の店で働いていたようです。……実は、それなんですが」

必要もないのに、キリアンがいくぶん声を潜めるようにして続けた。

「例の…、偽証です。ジルの父親は、最後の娘が殺された夜には店の手代と一緒に商人たちの会合から帰る途中だったと主張していました。その時、最初はそれを認めていた手代が、あとで頼まれたものだと証言を翻した。その男がジョルディなんです」

「ほう…」

それにわずかに目を細め、ボリスは低くつぶやいただけだった。

だが、気になる話だ。

「ミランにとって、ジルの父親は商売敵だった。殺人鬼の汚名を着せることができれば、店を潰せるのは間違いない」

「だから、ジョルディを買収して、ということですか？　娘婿にしてやる、という約束で、ジョルディに偽証させた……？」

淡々と口にしたボリスに、キリアンが勢いこんで続けた。

「十分にあり得る話だね。だがそれだけだと、ジルの家から殺人に使われた短剣が出てきたことの説明にはならない」

ああ…、とキリアンがちょっと肩を落とす。

「つまり、ジルの父親に身に覚えがないのなら、誰か他の者がわざとそこに隠したということになるのだが」

「では、ジョルディがっ？」

あっと声を上げて、キリアンが身を乗り出してくる。

「そしてそれが使われた凶器に間違いないのであれば、どこから手に入れたかが問題になる」

「まさか…、ミランが本当の犯人だということですかっ？」

「そんなに簡単な話かな…」

無意識に声が大きくなっていたキリアンにわずかに顔をしかめ、ボリスが指先で顎を撫でた。

「ただ、ミランが関わっているとすれば、なぜジルの父親が犯人にされたのか、という理由にはなるけどね」

身代わりにするのなら、誰でもよかったはずだ。

「そうですよ！　あえてジルの父親を選んだのは、それが一石二鳥だったからでしょう。自分の罪を着せた上、自分の商売を広げることができる。実際、ミランはジルの家が取り潰しになったあと、代わりに宮廷出入りを許されてますからね。それですべて説明がつきます！」

キリアンが大きな笑みで力強く拳を握った。

「すべてではないよ。もしミランが犯人だとすると、なぜ二十年もたった今になって、また殺人を始めたのか」

ボリスの指摘に、ああ…、とキリアンがため息をついた。

「それは…、やはり二十年間ずっと我慢していたものが、ついにこらえきれなくなった、ということでは……？」

答えながらも、いささか自信はないようだ。

と、何か思いついたように声を上げた。

「もしかするとミランは商売を息子に譲って引退したのかもしれません。だとすると、時間も自由になるし、暇になって、ということもありますよ」

「暇になったくらいで殺人に走られても困るけどね……」

ボリスはちょっとため息をつく。

「まあとにかく、そのジョルディという男と、ミランの身辺をもっと細かく調べてみることが先決だろうね」

「は。すぐに父のもとに使いをやります」

「おまえが自分では行かないのかい？　まあ、何度も行ったり来たりは大変だろうが」

ん？　と首をひねったボリスに、キリアンが淡々と言った。

「私は御前のお側で警護するよう、父より申しつかっております。こちらで事件が起きている以上、御前の身に何かあってもいけませんし」

「私が狙われるわけでもあるまいに」

妙齢の娘ではないのだ。

苦笑したボリスに、にこりともせずにキリアンが答えた。

「この件に関しては、御前が何か無茶をしないとも限りませんので。ただでさえ、フリーダが行方不明のままですし」

やれやれ…、と言いたげに、ボリスは肩をすくめてみせる。

多少うっとうしい気もするが、……まあ、仕方がないのだろう。

「おまえがこちらにいるのなら、サヌアで起きた二件についても確認しておいてくれ。例の…、髪の件を」

それで、こちらの事件が本当にカラブリアの事件とつながっているかどうかが確認できる。

こちらで捜査している者たちは、髪については何も知らないはずだ。

しかしボリスがそれを兵たちに聞き回ったり、自分の足で遺族のもとに尋ねに行ったりはできない。何事かと思われるだろう。

館の誰かをやって聞いてこさせようか、とは思っていたのだが、キリアンがいるのならちょうどいい。

「承知いたしました。……それと、国王陛下よりご伝言が」

ぴしり、と姿勢を正して口を開いたキリアンに、ああ…、とつぶやいて、ボリスは手をふった。

「いいよ。だいたいわかる」

「いいえ。お伝えしないわけにはまいりません。——陛下はそろそろカラブリアにもどって来ないか、とおっしゃっておいでです」

それはキリアンや、父親のガルシアの気持ちでもあるのだろう。

「もう十分休養はとったはずだと」

「休養ではなく、引退したつもりだがね…」

ボリスは短いため息とともに返す。

「しかし完全に身を引いていらっしゃらないのは、やはり『ウルラ・オクルス』が気になるからではないのですか？」

まともに返され、ボリスはちょっと言葉につまった。

「まあ…、今回は二十年前の続きだ。本腰を入れるしかないけどね」

無意識に視線をそらせ、なんとなくごまかすようにボリスは答えていた——。

それから数日、ボリスはできるだけサヌアでの夜会に顔を出すようにし、現在サヌアに滞在している貴族たちの細かい情報を集めた。

主にサヌアを訪れた時期や、家族構成だ。

考えてみれば、二十年前の当時、カラブリアに滞在していた他国の貴族たちも条件に当てはまるのか…、と思いつく。遊学中だった若い貴族の子弟や外交官たち。それだけでもかなりの数ではあるが。

それなら、二十年間事件が起きていなかった理由も説明できるのだ。起きていなかったわけではなく、別の場所で起きていたのかもしれない。

連夜の夜会で、さすがに目と鼻の先とはいえ、デイノスまで帰るのが面倒で、ボリスはここしばらく、エイメの別荘に滞在させてもらっていた。

正確には、「エイメが借りているオルセン大公の別荘」なのだが。

「藤の館（ヴィラ・グリシナ）」という、なかなか優雅な名前の、名にふさわしい美しい館だ。

「まあ…、おじ様が夜会通いだなんておめずらしいこと」

と、エイメにはちょっと目を丸くされる。

「何かお目当てがございますの？」

おそらくは何の気なく、にこにこと聞かれ、無邪気に鋭い姪（正確にはもう少し遠い関係になるが）に返す答えに苦労してしまう。

もっとも聞きたいのは、この年まで独身を通してきた自分がどこかで恋を見つけたのか、というあたりかもしれないが。

残念ながら、現実はもっと殺伐（さつばつ）としている。

エイメの息子を始め、海賊たちはどうやらすでに出航してサヌアを離れているらしく、港にも艦はなかった。

ジルが姉の捜索をあきらめて艦に乗ったとは思えないので、おそらくおいてけぼりにされたのだろうが…、まあ、海賊たちにはありがちなことだ。

陸路で追いかけるか、待っているか。あるいは、プレヴェーサの別の艦が立ちよった時にでも乗りこめばいい。

もっともジルなら、エイメのところで待っていることもできるわけだ。

――今、どこにいるのだろう……？

ちょっと考えてしまう。

エイメのもとにもいないし、艦がなければ適当な宿か。

そつのないジルのことだ。姉の捜索を単独で進めているのなら、すでにどこかの館に入りこんでいる可能性はある。

……そう、おそらくは、ど真ん中に。

この日の昼、ボリスはフェランド伯爵家の別荘を訪ねた。

とりあえず、状況を聞きに、というのを口実にして。

執事にサロンへ通された時、そこには主人のエドアルド・オルボーンの他に、先客が一人いた。

「これは失礼。お邪魔をしたようですね」

丁重に詫びたボリスに、エドアルドが立ち上がって、ようこそ、と挨拶してくる。

しかしその表情は微妙に硬く、ぎこちない。

それでも礼儀だけはきっちりとしていた。

「ご紹介させてください。アベル・オルボーン、私の従兄弟です。少し前にアルミラル侯爵を継いだばかりなんですよ」

「ほう…、アルミラル侯爵」

思わずボリスはつぶやいた。

なるほど、従兄弟というだけあって、雰囲気や顔立ちはエドアルドとよく似ていた。三十代なかばで年も同じくらいだ。

「お会いできて光栄ですよ、侯爵。ボリス・デラクアと申します」

「エストラーダ伯爵ですね、こちらこそ、お会いできてうれしいです。カラブリアではお目にかかれませんでしたからね」

男が丁重に手を伸ばしてくる。細く長い指だ。

軽く握手をしてから、ボリスは勧められるままソファに腰を下ろした。

タイミングよく侍女がお茶を運んでくる。

アルミラル侯爵は代々オルボーン家の直系で継いでいるので、アベルが本家の嫡男だったわけだ。

「では、先代の侯爵はお亡くなりになったのですか…。申し訳ない、このところカラブリアの宮廷から遠ざかっているもので」

先代とは何度か、顔を合わせたこともあった。

あまり話した記憶はなかったが、どこか気難しい雰囲気の男だったことを思い出す。

すでに七十を超えていたはずだから、嫡男がこの年だと少し遅めの息子だったようだ。

わずかに視線を落としたボリスに、もう半年ほど前になります、と落ち着いてアベルが答える。

「出来のよい息子ではありませんでしたね…。ずっと北アルプの国々をまわっていて、死に目にも会えずじまいでしたよ。葬儀の手続きやなにかも、エドアルドが手伝ってくれて助かった」

微笑んで礼を言ったアベルに、いや、とエドアルドが軽く受け流す。

なるほど、遊学してまわっていたので、ボリスとも宮廷で顔を合わせたことがなかったようだ。

「早く結婚することだよ。そうすれば、母君も安心されるだろう」

気安い様子で言われ、アベルが苦笑した。

「わかってはいるけどね…。なかなかこれといった出会いがない」

「アベルは美形でしょう？　社交界に出るようになってから、宮廷でもずいぶんともてているんですよ。私のような無粋な人間と違って、楽器もうまい」

おだてるようなエドアルドの言葉に、よせよ、と笑ってアベルが返す。仲はいいようだ。

「ほう…、楽器ですか。何をなさるんです？」

「いえ、ヴァイオリンを少々」

いくぶん恥ずかしげに、伏し目がちに答えたアベルに、「宮廷楽士並ですよ」と、横からエドアルドが口を挟んだ。

「ヴァイオリンですか。ぜひ一度、拝聴したいものですね」

ボリスも微笑んでうなずく。

「お義父さんも芸術には造形が深い方だから、話は合うかもしれないな」

そんな言葉に、アベルがちょっと驚いたように目を見張った。

「お義父さん？」

「ああ…、エストラーダ伯爵は私の岳父になるんだ。フリーダの父上だよ」

いくぶん落ち着かない視線で、エドアルドが説明する。

血はつながっていないが――、とまでは言わなかったが。

「そうでしたか…」

アベルがわずかに目を見開いた。

「そう…、そのことで来たんだが」

とボリスは本来の目的を切り出しかけ、ちょっとためらう。

「いえ、アベルは知っていますから」

視線で問うような眼差しを察して、エドアルドがいくぶん重い口調で言いながら指を上げた。

「ああ、フリーダのことだね」

アベルがうなずく。

「やはり連絡はないかな？」

そっと尋ねたボリスに、エドアルドが首をふった。

「まったく。カラブリアの屋敷に帰った様子もない。――お義父さん、あなたの方にも何か連絡はないのですか？」

口調は丁寧だが、厳しい眼差しだった。

最初にボリスの館にフリーダを捜しに来た時も、当然そこにいるものと思っていたようで、連れもどしに来た、といった勢いだったのだ。

どうやら今でも疑いは捨てきれていないようで、ボリスがとぼけてどこかに隠している――と思っているのかもしれない。

「いや。連絡はないし、フリーダの昔の友人というのもいないからね」

あっさりと首をふったボリスに、エドアルドが顔をゆがめて、いらだたしそうに拳を肘掛けに打ちつける。

「このところ……、その、恐ろしい噂も耳にするでしょう？　どこにいてもいいから、早く見つかってくれないと気が休まらないな」

絞り出すように低くうめいた。

どうやら「血の枢機卿」の話は耳に入っているようだ。

「子供たちにも、いつまでも隠してはおけないですからね……」

そんな言葉でボリスも思い出した。

「子供たちは元気かな？」

ボリスにとっても義理の孫、ということになる。

……孫などというと、ずいぶんと年をとった気がするのだが。

「ああ…、ええ。淋しがってはいますけどね。今は家庭教師がついていますから、落ち着いているようですが。……お会いになりますか？」

聞かれて、そうだね、とボリスはうなずく。

「顔を見ていこうか」

「呼びましょう」

エドアルドが声を上げ、執事を呼ぶと、「子供たちを」と命じる。

まもなく、パタパタと子供らしい軽い足音がして、執事が開いたドアからパッと男の子が顔を出した。

「お父様っ」

レオナルドだ。飛びこんで来る様子をみせたが、しかし客がいたのに驚いたのか、びくっと身を震わせて、あわてたように引き返していく。

「レオったら、何してるの」

廊下で、姉らしい声がおしゃまに叱りつけているのが聞こえてくる。

ボリスはちょっと微笑んだ。

と、姉のソフィアが姿を見せて、ちょっと目を瞬かせたが、おずおずと中へ入ってきた。

そして、そのあとから――。

ボリスは思わず目を見張ってしまった。

飛び出しそうになった声を、なんとか喉元で押し殺す。

レオナルドを腕に抱き上げ、優雅にドレスの裾を捌いて入ってきた女性は――ジルだ。

薄く化粧も施し、長い髪も結い上げて、なるほどいくぶん厳しい家庭教師風というのか。妙に板について見える。

ジルの切れ長の目も素早くボリスを確認し、しかし無表情なまま、つん、とそっぽを向いた。

どうやらまだ怒っているらしい。

「さあ…、二人とも。おじいさまにご挨拶をしなさい」

父親にうながされて、ソフィアがボリスの前に来ると優雅に腰を折った。

「ごきげんよう、おじいさま」

「ああ…、ソフィア。元気にしていたかな？　だんだんお母様に似てくるね」

ボリスは手を伸ばしてソフィアの頭を撫でる。

と、視線を感じてふっと顔を上げると、レオナルドを下ろしたジルが、戸口のあたりでボリスを見つめて立ちつくしていた。

「お、おじいさま…」

震えるような小さな声が聞こえ、どうやら必死にこらえているようだったが、唇の端が微妙にヒクついている。

そして明らかにその目は笑い転げていた。

ボリスは無言のまま、じろりとジルを横目ににらむ。

「ああ…、レオナルドも元気そうだ」

気を取り直して、ボリスは腕を伸ばし、男の子を抱き上げた。

ジルを引き取った時は十歳だったから、もっと大きくなっていたわけだが……このくらいの時もあったんだな、と思う。

叔父と甥という関係なので、もしかするとジルの子供の頃と似ているのだろうか……。

「ね、おじいさま、今度おじいさまのお家に遊びに行ってもいい？　おじいさまのお家にあるご本が読みたいの」

そんな感慨にふけっていると、ソフィアが無邪気に頼んでくる。

「ああ…、もちろんかまわないよ。お父様のお許しを得て遊びにおいで」

連呼される「おじいさま」に、なんとなく無意識に咳払いしつつ、ボリスはなんとか平静を保って答えた。

ジルはわずかに下を向いて、さりげなく顔を背けるようにしていたが、肩のあたりが小刻みに震えている。

……昔なら、尻を十回くらいたたいてやるところだ。

「おまえたちは初めてだったかな？　こちらはお父様の従兄弟のアベル・オルボーン、アルミラル侯爵だよ」

どうやらアベルとは初めて会うらしく、少しぎこちない様子でソフィアがごきげんよう、と小さな声で挨拶する。

「こんにちは。ソフィアと言うんだね。きれいな名前だ」

アベルが立ち上がり、貴婦人にするように手をとってそっと口づけた。

ちょっとびっくりしたように、ソフィアがあわてて父親にしがみつく。それでもじーっとアベルを見上げていた。

この年でも、やはりいい男には目が行くらしい。

「まだまだ子供ですよ」

エドアルドが苦笑した。

「それで、こちらのご令嬢は？」

アベルが戸口に立ったままのジルを視線で示して尋ねている。

「ああ…、ジュリアだ。子供たちの家庭教師をして

くれている。人見知りの子供たちが案外懐いてね。助かっているよ」

　ほう…、とつぶやいたアベルに、ジルが優雅に腰を折って挨拶した。

　ドレス捌きも、仕草もかなり様になっている。さらに言えば、化粧や髪などもきちんとしていて……いったい海賊たちの中でどういう生活をしているのか、ちょっと心配になってしまう。

「では、私はこれで失礼しよう。――何か連絡があればすぐに知らせるよ」

「お願いします」

　ボリスのその言葉に、エドアルドがいくぶん固く返した。

「いずれまた、アルミラル侯爵」

「今度はもう少しゆっくりとおつきあいいただきたいものです」

　会釈したボリスに、アベルが穏やかに返してくる。

　素知らぬ顔でジルの前を通り、廊下へ出たところで、ボリスはふと思い出したようにソフィアに微笑みかけた。

「ああ…、そうだ。私は今、エイメの館にいるのだが、そこにも挿絵のきれいな本がいくつもあったよ。よければ、あとでこちらに持ってこさせよう」

「ほんとっ？　おじいさまっ」

　ソフィアがパッと顔をほころばせる。

　そしてジルがいくぶん意味ありげな目でボリスをふり返り、口調だけは愛想よく言った。

「まあ…、ありがたいですわ。こちらの別荘に子供の本は少なくて。お嬢様は全部、読んでしまわれましたの」

　そんなジルの言葉に、エドアルドが言った。

「では、のちほどこちらから人をやりましょう。お義父さんの手をわずらわせるわけには」

それにすかさず、ジルが口を挟む。

「よろしければ、お帰りをご一緒させていただけませんでしょうか？　それでしたら、わたくしがいただいてまいりますので」

「そうだね。あなたに選んでもらえれば間違いなさそうだ」

ぬけぬけと言ったジルに、ボリスも言葉を合わせる。

よろしく、と言うように、にっこりと微笑み合った笑顔の一枚下が、おたがいにちょっと恐ろしい。

では頼もうか、とエドアルドも特に疑うこともなくうなずいた。

「ご本をお借りしてくるから、少しの間、待っていてね」

とソフィアに告げると、ジルはすぐに外出の支度をすませて、ボリスにエスコートされる形で馬車に乗りこんだ。

馬車が動き出すまでおたがい張り合うように黙ったままだったが、結局、ボリスが先に折れて口を開いた。

……まあ、そのあたりは年長者の余裕というのか、寛容さが肝心だとわかっている。

「相変わらず要領がいいね。うまくもぐりこんだものだ。……そんなやり方だとは想像もしていなかったけどね」

しかしあえて隣にすわっているジルの顔を見ることはなく、まっすぐに前を向いたまま、ほとんど独り言みたいに言った。

「そんなに簡単ではありませんでしたのよ、おじいさま」

やはりつんけんとしたまま、意地悪くジルが返してくる。

　ボリスは思わず、咳払いをした。

「ジル…。それで言えば、おまえだって立派な『叔父さん』だよ」

　まったく気にしていないふりで、肩をすくめて言い返す。

　……大人げない、と思いつつ。

　そう、考えてみれば若干十八歳のレティも、双子の姉がさっさと子供を産んだせいで、すでに「叔父さん」なのだ。

「もしかして、おじいさまは小さい子供の方がお好きなのですか？　私も小さい頃はずいぶんと可愛がっていただいた気はしますが。そういえば、成長してからはちょっと扱いが雑でしたよね」

　冷ややかな口調の、いかにもな皮肉に、ボリスはため息をついた。

　可愛がっていたのは小さい頃だけではない、とボリスとしては思っているのだが。

「可愛いのは今も可愛いよ」

　ツンツンしているのも。

　さらりとこぼれた言葉だった。本当に何も考えずに。

　それにハッとしたようにジルが向き直って、ようやくボリスも、ああ…、と自分の言った言葉に気がつく。

　ちょっと恥ずかしい気もしたが、まあ、年が違うのだ。このくらいはいいだろう。

　ジルがちょっと瞬きして、スッと視線を外す。

「それはどうも」

　憎たらしく、淡々とした口調で返してくる。

　まったく可愛いのか、可愛くないのか。

　ひさしぶりに会ってこうして話すと、妙に胸がざわめく。何気ない会話が妙に楽しくて、浮かれてしまう。

本当に可愛いと思うのだ。

可愛すぎて、あのまま手元においていたらきっと……この子をダメにしてしまったんだろうな、と自分を慰める。

プレヴェーサにいるジルは生き生きとして、仲間たちとも馴染み、頼られているようだった。

おそらく、今くらいの距離感がちょうどよいのだろう。たまに顔を見られるくらいが。

「……そんなことより、姉さんの行方について、何か手がかりでも見つかったんですか？」

そして、話を変えるように尋ねてきた。

むろんそれを聞くために、わざわざこうした時間を作ったのだろう。

「いや。消えるにしてもあまりにもきれいに消えすぎているね。男と逃げたとしたら…、もう少し跡が残りそうなものだ。しかし馬車を使った形跡もないし、見かけた人間もいない」

「艦という手もありますが？」

ジルの指摘に、ボリスはわずかに目をすがめた。

「艦…、か。馬車もそうだが、初めからよほど計画を立てているのでなければな…。サヌアに入る艦はたいていが貴族の持ち船だ。そうでなければ、海賊船か」

もちろん皮肉だ。海賊船が海賊船として堂々と入港することはない。

誰か貴族の持ち船を使ったなら、すぐに噂になったはずだ。そして地元の漁師が仕事に使うような船は、このサヌアの港ではなく、少し離れた別の港を使っている。

「男と逃げていてほしいの？」

おたがいに目を合わせないまま、静かに尋ねたボリスに、ジルがぎゅっと、膝の上で指を握りしめた。

「死体で見つかるよりよほどマシですから」

必死に感情を殺した声が返る。

ボリスはそっとため息をついた。

「おまえの耳にも入っているんだね…」

再び現れた、血の枢機卿――。

その噂はジルにとっては衝撃だったはずだ。

ある意味、うれしい――だろうか？

「血の枢機卿」が生きていたら、二十年前の犯人は父親ではなかったという証拠になる。

だが一方で、二人目の「血の枢機卿」……つまり息子が犯人だという説もあるのだ。

それでもし――フリーダがその犠牲者になっていたとしたら。

考えるだけで心臓が冷える。


だが実際、フリーダが何かに気づいたせいで襲われ、他の犠牲者たちとは違う殺され方をしたということも――あり得る。

仮に、ミランやジョルディという男が実際に関わっているのだとしたら。

「今度こそ…、必ず正体を暴いてみせます」

淡々とジルが言った。

激したようでもなく、……しかしそれだけに決意のこもる声だ。

当然だった。二十年にもわたって探し続けていた真実が、ようやくわかるかもしれないのだ。

「ジル。二十年前と同じ犯人とは限らないよ」

それでもボリスは、ジルを先走らせないように、冷静に指摘した。

「だとしても、なんらかの手がかりにはなるかもしれない。あるいは、今回の犯人が二十年前の犯人を知っている可能性もある」

低く、固い口調のまま、ジルは言った。

確かにその通りだ。

ジルは冷静だったし、冷静であろうとしている。

しかし何かが起こった時——もし万が一、フリーダの遺体などを見つけてしまったら、どんな行動に出るのか、ボリスにもわからなかった。

「ジル…、あまり一人で無茶はしないでくれ。もし何かわかったら、私に知らせてほしい」

やめろと言ってやめるはずもないことはわかる。

そう頼むのが精いっぱいだった。

知らず懇願するように言っていたボリスに、ジルが向き直った。

しばらくボリスを眺め、小さく唇で笑う。

「心配していただけるんですか？」

「あたりまえだろう」

わずかににらむようにして言ったボリスは、ジルとまともに目が合う。

しばらくおたがいに探るように見つめ合って……

しかしボリスが先に視線をそらしてしまった。

「それにしても…、エイメが君の姿を見たら何と言うかね……」

そしてどこかまぎらわすように、そんな言葉を口にする。

あまりにも艶やかな女装姿だ。

「多分、お喜びになると思いますよ」

ふん…、と素っ気なくジルは言った。ほとんど開き直るみたいな感じで。

「私の女装はなぜか女受けがいいみたいですから」

——実際、その通りだった。

それから数日後の夜――。

この晩もボリスは、招待された貴族の夜会に顔を出していた。

連日の夜会続きでボリスもいいかげん食傷していたが、情報を集めるためには仕方がない。

そしてこのところのご婦人方の話題は、静養という名目で実は「花嫁捜し」のためにサヌアに滞在していると噂のカラブリアの王太子だが、どうやらここしばらく友人と船で沿岸の街を遊覧中とかで、まったく顔を見せていない。

その噂のせいか、カラブリアからは大挙して年頃の娘を持つ貴族たちがサヌアに押しよせていて、ふだんに増して、社交界はにぎやかだった。

王太子がいれば常に話題の中心になったはずで、花嫁候補の誰が最有力だとか、実は今も誰々が抜け駆けして王太子に同行しているだとか、あるいはどこそこの国の大貴族が手をまわして王太子を連れ出しているだとか…、無責任な噂がかしましい。

そして主役が不在な分、やはり『血の枢機卿』に話題が集まりつつあった。

ただまだ身近で犠牲者が出ていないせいか、ご婦人方が恐ろしげに語り合う中にも、それほど緊張感はなかった。

なにしろ、かつての事件が二十年も前だ。すでに覚えていない人間も多く、若い娘たちにとっては生まれる前の出来事である。

そんなにぎやかな話題に事欠かないせいもあるのか、フリーダの失踪については、まったく知られていないようだった。もともとフリーダがあまり社交界に出る方ではなかった、というのもあるのだろう。

もちろん「血の枢機卿」と、フリーダを関連づけて考えている者もいない。

……当のオルボーン家の人間をのぞけば、というところだろうが。

この夜はニノア同盟国の十三大公の一人、シュペール家の夜会だった。

ボリスが少しばかり遅れ気味でサロンに入った時、繊細なヴァイオリンの調べが流れていて、サロンに集まっていた招待客も、心地よくその演奏に耳を傾けていた。

大きく扉の開いたテラスを背にヴァイオリンを奏でているのは、どうやらアベル・オルボーンらしい。

ほう…、と思いつつ、ボリスも隅の方で飲み物を口にしながら、それを聴いていた。

繊細で、美しく、相当に技術もある。

演奏が終わり、大きな拍手に向かってアベルが一礼した。それを取り巻くようにして、何人もの男女が賛辞を送っている。

確かに、ヴァイオリンの貴公子はなかなか人気があるようだ。

「これは、ボリス様。いらしていたんですね」

しばらくしてようやく解放されたらしく、ヴァイオリンを置いたアベルがボリスに気づいて近づいてきた。

「すばらしい演奏でしたよ」

「お耳汚しでしたね」

微笑んだボリスに、アベルがちょっとはにかんだように顔を伏せる。

「とんでもない。エドアルドの言う通り、すばらしい腕前だ」

「いえ…。ただ練習する時間だけはたっぷりあったものですから」

「確かにそれだけヴァイオリンがお上手で、容姿も優れておられると、ご婦人方が放っておかないのも無理はないな」

軽く若者を冷やかすように、ボリスが言った。

こうして二人で話していても、ちらちらとアベルの方を眺めてくる若い娘たちは多い。

「せっかくサヌアまで来たものの、お目当ての王太子がろくに夜会に出られていないからでしょう。王太子でおいでになるまでの場つなぎですよ」

しかし飲み物を手にとりながら、アベルはさらりと返した。

なるほど、若きアルミラル侯爵も独身で、不在の王太子の代わりに目をつけられた——ということもあるのかもしれない。

もっともそれを抜きにしても、十分、女性には魅力的に映るはずだ。家柄、身分、財産。それに容姿や年齢にしても。

その上、これだけの芸術的な才能を見せつけられれば、娘たちがなびくのも当然だろう。

「ご結婚は考えられていないのかな？」

おっとりと尋ねたボリスに、アベルが苦笑した。

「いずれは…、とは思いますが。幸か不幸か、うるさく言っていた父が亡くなってしまいましたのでね。しばらくは自由を謳歌したいところですね。……僕より、ボリス様の方がお先なのでは？」

ちらっとおもしろそうに指摘され、ボリスは肩をすくめた。

「やぶ蛇だったようだな…」

「失礼ですが…、実際、そろそろお考えではないのですか？」

いくぶん真剣な眼差しで問われ、ボリスは一瞬、口をつぐんだが、それでも穏やかに……きっぱりと答えた。

「いや…、――そう…、考えていませんね」

ほう、とちょっと驚いたようにアベルがつぶやく。

「もしかして、ボリス様は許されない恋でもされているんじゃありませんか？」

軽口のような調子で、しかしどこか真剣な響きにも聞こえる。

夫のある女性を、あるいは身分の違う相手をずっと思って、いつまでも独身を通している、と考えているのだろうか。

「そんなにロマンティックなものではないですがね……」

思わず笑ってしまいそうになり、……しかし、ある意味、それは当たっているのかもしれないな…、と小さなため息がもれる。

愛してはいけない子――だ……。

自分がどれだけのものをあの子から奪ったのか。

それを自覚していれば。

「では爵位はどうなさるのです？」

アベルがわずかに眉をよせる。

「私に兄弟はいないが、デ・アマルダ本家の方には何人も血縁がいるからね。継ぐ者には困らないだろう」

「それで……よろしいのですか？」

とまどうようにアベルが尋ねてくる。

「私は別に。……まあ、親戚たちは少々うるさいとは思うが」

ボリスは苦笑して言った。そして、ちらっとあたりを見まわすようにして聞いてみる。

「エドアルドは今夜は来ていないのかな？」

「来ていないようですね。昼間にはちらっと会ったんですが」

「仲がいいみたいだね」

微笑んだボリスに、アベルがうなずく。

「僕の方が一つ上なんですが、エドアルドの方が貫禄があるでしょう？　あいつは僕が遊び歩いていた間にきちんと妻を迎え、立派な男になっている」

　いくぶん自嘲するような笑みを浮かべたアベルが、ふっと視線を落とした。

「ただ少し――……いや」

　何か言いたげに言葉を濁す。

「何か？」

　怪訝にうながしたボリスに、何度かためらうようにしてから、アベルが別の部屋にボリスを誘った。

　誰もいない小さな応接室の一つを見繕って、二人でそっと入りこむ。

　ボリスがイスに腰を下ろすと、その前の小さなテーブルに、アベルがキャビネットにあったグラスを二つ並べた。デキャンターからグラスに半分ほど、葡萄酒を注ぎこむ。

　そしてグラスの一つを手にとると、どさりと向かいのイスにすわりこんだ。

「何かご心配事でも？」

　じっとその姿を眺め、静かにボリスは尋ねる。

「少し…、不安なのですよ」

　アベルが視線を落としたまま、小さく震える声で言った。

「不安、と言うと？　あなたの前途に不安の影はないようにお見受けするが」

　穏やかに口にしたボリスに、アベルは少し考えるようにしてからようやく口を開く。

「フリーダのことなのです。……いや、エドアルドのことと言うべきでしょうか」

「フリーダの？　何か知っているのか？」

　ハッとわずかに身を乗り出すようにして、ボリスは尋ねた。

「いえ。知っているというか……」

ちょっとあわてたようにアベルが首をふって、重いため息をついた。そして勢いをつけるようにグラスのワインを一気に飲み干すと、まっすぐに顔を上げる。

「ボリス様は、エドアルドをどのくらいご存じですか？」

「どのくらい？」

突然の問いにいくぶんとまどいつつ、ボリスはちょっと首をひねる。

「……そうだな。親しく話すようになったのは、フリーダに求婚する少し前くらいからだと思うが。十年そこそこというところかな」

「どういう男だと思いますか？」

真剣な眼差しだった。

「そうだね。フリーダを任せてもいい男だと思っているが。誠実で生真面目な男だよ。勉強熱心でもある。それは君の方がよく知っていると思うが？」

なにしろ従兄弟なのだ。

「もし…、それが表の顔で、エドアルドには裏の顔があるとしたら？」

「裏の顔？」

ゾクリ…、とふいに、背中を冷たいものが伝った気がした。

「どういう意味だろう？」

いくぶん固い口調で尋ねたボリスに、アベルがそっと息をついた。前髪を長い指先がかき上げる。

「エドアルドと僕は、幼い頃はよく遊んだ仲だったんですが、再会したのは父が亡くなったあとだったんです。ずいぶんひさしぶりだったんですよ。僕は父の死の知らせを受けて、あわててカラブリアに帰って来たので、その時ですが」

そこまで言ってから、アベルがスッ…と顔を上げた。

「以前とまったく変わらないな…、と思ったのです。葬儀や何かも手伝ってくれて、いろいろと細かい処理もしてくれて。……最初はね」

「最初は？」

そのどこか意味ありげな言葉に、ボリスは眉をよせた。

「でもどこか…、僕には違和感がありました。ほんのちょっとした感覚なんですけどね。フリーダとも人前だと仲がよさそうで…、いい夫婦だと思っていたんですが……」

顔をゆがめ、アベルが言葉をつまらせる。

「何か、知っているんですか？」

指を組み、わずかに身を乗り出すようにしてボリスは尋ねた。

アベルが視線を落ち着かないように漂わせてから、ようやく思い切ったように、小さな声で言った。

「一度…、見てしまったことがあって。何が原因か口論をしていたんですが、……いきなり、エドアルドがフリーダを殴りつけたんですよ」

その言葉にボリスは思わず息を呑んだ。

「……殴った？」

「ええ。もしかすると、それが初めてではなかったかもしれない。あるいは……何度もあったのかも」

言ってから、アベルが自分で首をふり、舌で乾いた唇を湿らせるようにする。

「僕はこっそりとフリーダと話してみました。大丈夫ですか、と聞いても、フリーダはエドアルドをかばっていましたよ。ふだんはとても優しくていい人なのだから…、と。ただ時々、ひどく怒りっぽくなる時があるだけだ、と」

ボリスは無意識に指先で顎を撫で、じっと考えこんだ。

エドアルドの、裏の顔――？

「僕の…、単なる思い過ごしだとも思うのです。エドアルドはしっかりとしたいい男だし…、僕にとっても大事な従兄弟です。疑いたくはない」

「とても信じられないな……」

ボリスも大きなため息とともにつぶやくと、どさりと背もたれに身体を預けた。

「でも…、ですから僕は、フリーダが失踪したと聞いた時は一瞬、逃げたのだと思いました」

「逃げた？」

「ええ。その…、夫の暴力から。ただもしフリーダが逃げ出すとすれば、ボリス様のもとへ行くはずでしょう？」

聞かれて、ボリスもうなずく。

「そうだね」

確かに、フリーダが頼れる先は自分のところか、あるいはジルのところくらいだろう。

「だからもしかすると、フリーダはどこかに閉じこめられているんじゃないかと……いや、あるいはもう……」

アベルが大きくかぶりをふり、なかば頭を抱えるように両手で顔を覆った。

「それだけじゃない。最近、僕はもっと恐ろしいことを考えてしまうんです」

「もっと恐ろしいこと？」

ボリスは肘掛けに肘を立てたまま、じっとアベルを見つめた。

「ええ。ここしばらく、よく思い出してしまうんですよ。……二十年前のことを」

「二十年前」

その符号に、ボリスは思わず息を吸いこんだ。

「あの…、忌まわしい事件のことです。あの頃、僕たちは十五、六でした。子供心にも恐ろしい事件でしたが、……エドアルドはずいぶん興味を持っていたんですよ。新しい事件が知らされるたび、すごいな、と声を上げて興奮していました。あんなふうに何人も殺すのはどんな気持ちなんだろう…って。もちろん、ほんの子供の言うことです。何もわかっていなかっただけだと思いますが」

膝の上で指を組み、強ばった声で続けるアベルに、もはやボリスも声を出すことができなかった。

「僕は恐ろしいんですよ…、ボリス様。もし…、何かのきっかけで、エドアルドがあの事件を再現したくなったのだとしたら……？」

——エドアルドが……？

急激に喉が渇いてくるようで、ボリスは無意識に入れてもらった葡萄酒に手を伸ばす。

フリーダが、もしかするとジョルディのことを夫に尋ねたのかもしれない。それとともに、自分の秘密を夫に打ち明けたとしたら？

裏切られたと怒ったのか、あるいは。

「どうか…、ボリス様。お願いします。僕の…、この恐ろしい疑いを晴らしてもらえませんか？」

すがるような眼差しで、アベルがじっと見上げてきた——。

4

この朝、ジルが子供たちと朝食を終えた時、館の中が妙に落ち着きがないのに気づいた。

騒がしいというのとは違う。妙に浮き足立っているというのか、妙な空気だ。

「何かあったのでしょうか？」

さすがに気になって執事に尋ねる。――と。

「先ほど知らせが来てね…。どうやらオルボーンの大奥様…、アルミラル侯爵夫人が亡くなられたようなんだ」

深い皺を刻んで言われたその言葉に、えっ？　とジルは声を上げてしまった。

つまり、アベルの母親、エドアルドの伯母だ。

「どうして……、ずいぶん急ですね。ご病気だったのでしょうか？」

「いや…、そんな話は聞いていなかったが。まあ、ずっと体調は優れないようだったが…、どうやら事故のようだね。今、旦那様があちらのお屋敷に向かわれたところだ。おそらく、すぐに葬儀が行われることになるだろうから、君も準備をしておいてくれるかな。お子様方も」

「承知いたしました」

一礼して下がったが、さすがにちょっと驚いてしまう。

事故ということは、「血の枢機卿」の犠牲者というわけではないのだろう。おそらく、アベルの母親なら、狙われるような若い娘でもないはずだ。

しかしこの時期に、と思うと、ちょっと引っかからないでもない。

そういえば、さすがに喪服の準備はしていなかったので、エイメのところから借りてこなければならなかった。

出がけにソフィアに捕まって「ご本を交換してきてね」と頼まれ、この朝のうちに、ジルはエイメの館を訪れていた。

サヌアでは子供向けの本を探すのはなかなか大変なのだが、エイメはかなりの冊数をそろえていた。おそらくは自分の孫——娘のアウラのまだ二歳の息子のためだろう。

なにしろ息子が海賊の統領なので、船であちこちの国へと動きまわっている。そして行く先々で、お土産にめずらしい本を見つけて来てくれるように頼んでいるらしい。

外国語の本はまだ少しソフィアには難しいが、めずらしい挿絵を見ているだけでも楽しいし、ジルが訳しながら読んでやることもできる。

ジルの女装姿は、やはり、と言うべきか、エイメにはずいぶんと好評だった。

『この間はハロルドもドレスを着ていたのよ。それがすごく可愛らしくて。あなたはぜんぜんタイプが違うけれど、とてもよく似合っているわ。……そうそう、よかったらアウラのドレスも使ってね。あの子、ろくに着ないものだから増えるばかりなのよ』

うきうきとそんなふうに言われて、新たなドレスを選んで持たされる勢いだった。

……ジルとしては喪服だけでよかったのだが。

アウラのサイズだと、丈を少し伸ばし、胸をかなりつめなければならないのが面倒なのだが、直しはエイメの侍女が頼まれてくれた。

さらに先日は、まだサヌアに残っていたらしいキリアンも居合わせて、ジルを見た瞬間、絶句し——次の瞬間、指を突きつけて爆笑されたのだ。

『す…すげ——っ！　すげーよっ、ジル、おまえっ。

マジ、どっかの貴公子を悩殺できるってっ！　玉の輿乗れよっ！』

ドレス姿でも身につけている短剣でキリアンの鼻先を削いでやってもよかったところだが、……さすがにエイメのいる館だ。剣を振りまわすわけにはいかない。

ジルが館に着いたのは午前中遅くで、ちょうど朝食後のお茶をしていたエイメのお相伴をすることになった。

どうやら、ボリスはまだ寝ているらしい。

――また怠け癖が……。

と、思わずジルは顔をしかめたが、どうやら夜も遅かったらしい。

「おじ様はこのところずっと夜会通いなのよ。おめずらしいでしょう？　どうされたのかしら」

相変わらずおっとりとエイメは言っていたが、やはり姉の行方をつかむためなのだろう。

だが――ちょうどよかったのかもしれない。

ジルはさりげなくエイメの前を辞すると、そっと二階の一部屋にすべりこんだ。

すでに数週間ほど、サヌアにあるこのエイメの館に滞在しているボリスは、隣の寝室と続きの間であるこちらを書斎代わりにしているようだった。

ふだんならきちんと片づいているはずの客間だが、すでに奥の机の上は乱雑にいろんなものが積み上げられている。きちんと片づける場所が定まっていない借り部屋だけに、よけいなのだろう。

カウチやソファには脱ぎ散らかしたままの服も放り出されていて、思わずそれを片づけたくなるが、――今はそのために来たのではない。

ジルは隣を気にしながら、机の上を手早く調べ始めた。

数冊の本。書類。手紙の束。

連日の夜会と言っていたが、さすがに招待状の類が多い。

そして書類の束もいくつかあるが……、なんだろう？　と思う。

すでにカラブリアでの職からは身を引いているので、式部省であったような書類仕事を館まで持ち帰る必要はないはずだ。領地や何かの関係かもしれないが、それならここまで持ってくる意味はない。ディノスの館においておけばいいわけだ。

ぺらっとそれをめくってみて、ジルは思わず目を見開いた。

それはかなり綿密な報告書、あるいは調査書だった。殺人事件の。

血の枢機卿――その手にかかったと思われる犠牲者たちの。

ここ数カ月のリーズでの事件と、サヌアで起きた分だ。

事件のあった日付から、場所。犠牲者たちの名前。両親の名前。致命傷の位置。

そして特記。

『右の胸に刻まれた十字の傷。血がほとんど流れておらず、死後につけられたものと思われる』

『髪が一房、切り落とされている』

そんな記述に、ジルは思わず目を見張った。

あとの方は、今まで……ジルが知らなかったことだ。一般には知られていない。

――なぜ、こんなものをボリス様が……？

何か得体の知れない不安に、心臓が痛くなる。

ジルは震える指で、その下のさらに分厚い書類をめくった。こちらは少しばかり紙の色が変わっていて、古めかしい感じだ。

まさか…、と思ったが、やはりそうだった。

二十年前の、ジルの父親が捕らえられた時の報告書――。

犠牲者たちの調べと、そしてジルの父が捕らえられるまでの経緯、……そして亡くなった時の状況まで細かく記されていた。

ジルは知らず息をつめたまま、そのページの文字を目で追う。

あの日、ジルたちの家がいきなり兵士に踏みこまれたのは、どうやら密告があったからのようだった。

血の枢機卿はジルたちの父親だ、と。

そして家探しの結果、被害者たちを殺した証拠の剣が見つかった。

さらには、店の使用人だったジョルディ・バレーラの証言記録。

『はい、あの夜は会合のあと、旦那様は私に先に帰るようにお言いつけになりました。ヘンだな、とは思ったのですが、愛人のところへでもいらっしゃるのかとさして気にとめておりませんでした。しかしあとになって、一緒に帰ってきたことにしてくれ、と言われまして。旦那様にそう言われると、私としても逆らえず……申し訳ありません』

そのまま捕らえられた父は、牢の中で厳しい取り調べを受けた。

それでもやはり、罪を認めることはなかったようだ。

しかし長期間にわたる拷問にも等しい調べに、父の身体は衰弱し、最後は吐血して亡くなった――。

その記述を見つめ、ジルはきつく唇を嚙みしめた。

喉の奥が焼けるように熱く、涙が落ちそうになる。

大きく息を吸いこんで、必死にこらえた。

そしてようやく、最後のページの一番下に記されていたサインに気づいた。

Ulula Oculus

ウルラ・オクルス——梟の眼？

ハッと、いつか見たことのある紋章を思い出す。

ＵＯの文字。

ジルはちょっと考えて、手紙の束に手を伸ばした。

ざっと調べて、二通を抜き出す。

何の変哲もない真っ白な封筒——だが、破られた蠟封に「ＵＯ」の文字が見える。

中の紙を引っ張り出すと、確かに覚えのある紋章が透かしで入っていた。

手紙の内容は、報告のようだった。

カラブリアの貴族たちの名前——そのリストと、何かの日付。

もう一通は、ジョルディ・ミラン（バレーラ）とカビーノ・ミランについての身上調査らしい。

ジョルディ——というと、さっきの報告書にもあった男の名前だ。ジルはほとんど覚えていなかったが、以前、店で働いていたという。

そして父の「偽証」をした男。

カビーノ・ミラン……が、カラブリアの大商人だというのは、ジルも知っている。宮廷出入りの商人なので、式部省にも納品していたはずだ。

どうやらジョルディは、あのあとミランの娘婿に納まって、今はミランの仕事を手伝っているようだ。

どういうことなのか、まったくわからなかった。

なぜ、ボリスがこんなものを持っているのか。普通の人間に手に入る書類ではないはずだ。

何か……ボリスが関わりがあるのだろうか？

二十年前の事件と。

痛いくらいに激しく鼓動を刻む胸を無意識につかみ、ジルはそっと息を吐いた。

じっと寝室へ通じるドアを見つめ、やがてゆっくりと開いて中へ入る。

カーテンを閉め切った薄暗い部屋の奥で、ベッドに人が寝ているのがわかる。

ジルはそっとカーテンを開くと、ゆっくりとベッドに近づいた。

シーツに顔のなかばまで埋めるようにして、ボリスが目を閉じている。

以前は…、朝、よく起こしに来たものだった。

容赦なくカーテンを全開にして、布団を剝ぎ取って。怒鳴りつけて。

ジルが見つめる中で、ようやく日差しのまぶしさにか、ボリスが目覚めたようだ。

「ん……、——うん…？　ジル……？」

目をしょぼしょぼさせながら、ぼんやりとつぶやき、そして頭をはっきりとさせるように首をふった。

「ああ…。おまえに起こされるのもひさしぶりだね…。いや、ちょっと新鮮かな。その姿のおまえに起こされるのは」

そんな言葉に、ちょっと胸が疼くようだった。

「姉に起こされている気分ですか？」

どこか自嘲気味な思いで、ジルは口にする。

「フリーダ？　……いや、フリーダはおまえみたいな乱暴な起こし方はしないだろうな……」

ふわふわとあくびをしながら、ボリスが憎たらしく言った。

それがちょっとうれしいような、悔しいような、複雑な気がする。

しかし絡みつくような感傷を振り払って、ジルはあえて淡々とした口調で言った。

「お尋ねしたいことがあるのですが」

「なんだい？」

ボリスがベッドに半身を起こし、大きく首をまわしながら応える。

「姉は……失踪する少し前、ディノスのボリス様のお館を訪ねていますね？」

オルボーンの別荘にいる馬丁から聞いた話だった。姉の言いつけで馬車を出した、と。

「ああ…、サヌアに来た挨拶にね」

それにさらりとボリスが答える。

「その時、姉に変わった様子はなかったのですか？何か言っていたとか」

「いや」

厳しく尋ねたジルに、短い返事がある。

「特に気がつかなかったね」

さりげない調子だったが、さりげなさ過ぎる気もした。

なにしろこの人は、物語を読むように淀みない嘘をつく――。平然と。

得体の知れなさは、ずっと感じていた。

それに気づかないふりをしていた――というより、さして気にならなかった。

ジルにとっては、自分の知っているボリスがすべてだった。いや、知らない部分も含めて――信頼していた。

この人が自分に与えてくれたもの――その時間を、疑いたくはなかった。

ボリスの目が何かを探すように動くのに、ジルは察してガウンをとってやった。

「ああ…、ありがとう」

手慣れた様子で着せかけるように広げると、ボリスがそれに腕を通す。

その背中に、ジルは続けた。

「姉の家では…、姉に愛人がいたとすれば、ボリス様だという噂なんですよ」

そんな言葉に、うん？　とボリスがふり返る。

「ボリス様が隠しているということはないんですね？」

「本気で聞いているの？　おまえがどれだけ心配しているのか、知っているのに？」

真顔で聞き返され、ジルはそっと息をついた。

そう。仮に、姉とボリスとがそういう関係になったとして、姉が失踪したふりで隠れているとしたら、ジルに消息を問い合わせて、わざわざ巻きこむようなことはないだろう。

「しかし…、エドアルド様は疑っていらっしゃるんじゃありませんか？」

「そうかもしれないね」

容赦なく言ったジルに、ボリスが苦笑した。

そしてふっと、尋ねてくる。

「そちらの使用人たちは何と言っているの？　やはりフリーダが逃げ出したのだと？」

――使用人たち？

そんなただの噂話を聞いてどうするのだろう…、とちょっと不思議に思う。真実味のカケラもないのに。

「逃げ出したというより…、駆け落ちした、という説を採りたいようですね。許されざる恋の相手と。なんて言うんですか…、妻として母として、自分の穏やかな幸せは自覚しているけれど、激しい恋に揺さぶられてどうしようもなく、という。もっとも姉に男の影はなかったようですけど」

ジルは肩をすくめて言った。

「だから私がやり玉に挙がるのだろう。……ふぅん…、しかしずいぶんとロマンチックな話になっているんだね」

ボリスが何か考えるように頬を撫でているが、しかしまさか、その説を本気にとらえているわけではないはずだ。

「そういえば…、アベル・オルボーンの母君がお亡くなりになったそうですよ」

短く息をつき、今朝仕入れたばかりの情報を、ジルは口にした。

「アルミラル侯爵夫人が？」

さすがにまだ知らなかったようで、驚いたようにボリスが声を上げた。

「何か、事故だったと聞きましたが」

「事故……か」

ボリスが眉をよせる。

「葬式が続くかもしれませんね。もし…、『血の枢機卿』がこのサヌアにいるとすると、そろそろ次の犠牲者が出ていい頃ですから。しかも、次の犠牲者は貴族から出てもおかしくない」

いくぶん試すように、ジルは言った。

「フリーダの失踪が『血の枢機卿』と関係があると決まったわけではないよ」

思い出したようにガウンの紐(ひも)を前で結びながら、ボリスが返してくる。

「このタイミングで、ですか？」

ジルはキッとボリスをにらんだ。

「フリーダが犠牲者なら、もう遺体は見つかっていると思うよ。それに君のお父さんが『血の枢機卿』と無関係であれば、フリーダだって今回の事件に関わりはないはずだろう？」

「それは詭弁(きべん)ですね」

ボリスの言葉に、顔をしかめてジルは吐き捨てた。

「ジル、君はフリーダの行方を追うことに集中した方がいい。『血の枢機卿』については、私が調べてみるから」

なだめるように言ったボリスを、ジルは目をすがめて探るように眺めた。

「なぜ、ボリス様が調べるんです？」

まともに聞かれて、さすがにボリスが返事に窮（きゅう）したようだ。

「それは……」

普通に考えれば、ボリスが首を突っこむ必要などどこにもない。もちろん、フリーダの件はあるが、それならジルと同じだ。

「私が『血の枢機卿』を追いかけると、何か困ることでもあるんですか？　その正体が暴かれるとまずいことでも？」

「ジル……？」

いくぶんうかがうようにジルの顔を眺めてきたボリスが、ハッと、歯痛をこらえるような顔をしてこめかみのあたりを指で押さえた。

「なるほど…、勝手に見たんだね」

非難されてしかるべきことだったが、ジルは無視した。

「ボリス様は私と姉の素性に気づいていた。……というより、初めから知っていたんですね？　私と姉とを拾った時から、私たちのことを。何のために、私たちを引きとったんです？」

そう。何か目的があったはずだ。

しばらく考えていたボリスだったが、やがてため息をつくように答えた。

「何も。あえて言えば、君たちを引き取ること自体が目的だった」

「あなたは何を知っているんです？」

畳みかけるように、ジルは問いただした。

「血の枢機卿が誰なのか、その正体を知っているんですか？」

「いや。——ただ」

それにボリスがゆっくりと首をふる。

そして静かに顔を上げ、まっすぐにジルの目を見つめてきた。

しかしいったん目を閉じて、何か迷うように言い淀む。

ボリスにしてはめずらしいことだった。

何か言いにくいことでも、さらりと冗談にまぎらわせて口にするだけの才覚はあるのに。

「ただ、なんですか？」

たまらず、ジルはうながした。

それにようやく、ボリスが口にした。

「君の父上じゃないことは知っている」

さらりと言われた言葉に、ジルは思わず大きく目を見張った。


「君の父上じゃないことは知っていた。二十年前もね」

ボリスがもう一度、言い直す。

父ではない。

ある意味、うれしい言葉だった。

しかしそれは同時に——。

「じゃあ、なぜ……っ！」

知らず声が裏返っていた。

なぜ、それを言ってくれなかったのか——。

もしそれがわかっていたら、父は死なずにすんだのだ。牢に入れられるようなこともなく。

「見殺しにしたと言われても仕方がない。ただ、証明はできなかった」

静かに言われて、ジルは思わず息をつめた。

自分でもわかるくらい顔色は真っ青で、一気に全身の血が引いた気がした。

頭の中で、何かがガンガンと音を立てる。

ジルは瞬きもできずにボリスを凝視したまま、ささやくような声で尋ねた。

「ウルラ・オクルスとは、何ですか？」

それに、ボリスがわずかに眉をよせる。

「ジル」

「あなたは……何者です？」

第三章　真実

1

アルミラル侯爵夫人という地位と比べて、葬儀はかなり質素なものだった。旅先というのもあるのだろう。

本来はカラブリアにある一族の墓地に入るべきところだろうが、母がこの場所を気に入っていたので、という侯爵の意向で、サヌアで埋葬されることになったようだ。

とはいえ、さすがに参列者の数は多く、サヌアに集まっていた貴族たちのほとんどは教会に顔をそろえていた。

もっとも、ほとんど館から出てこなかった夫人を直接知っている者は少なく、ボリスにしても一度も会ったことはなかった。他の貴族たちも、たいていは儀礼的な参列なのだろう。

喪主はもちろんアベルだが、エドアルドも身内になるので、葬儀の間中、ずっと一緒に立ち会っているようだ。

この葬儀にフリーダの姿がないのはおかしいのだが、ちょうど所用でリーズに帰っているところなのです、とエドアルドは説明していた。

子供たちはさすがに長い葬儀――というより、友人、知人、そして神父のスピーチだ――には退屈していたようで、おば様に最後の挨拶をしたあとは、ジルが外へと連れ出している。

ジルはシンプルな黒のドレス姿に、黒いベールで顔を覆っていたので、顔は見えなかったが。

子供たちは、侯爵夫人とはほとんど顔を合わせたことがないようだった。比較的近くに住んでいたにもかかわらず、だ。

どうやらアルミラル侯爵夫人は、少しばかりエキセントリックな女性だったらしい。

『ほとんど社交界にはお出にならなかった方よ。サヌアにいらしたのは、ここ、二、三年のことかしら。アベルが侯爵をお継ぎになって、とても喜んでいらしたわ。ただ……何かしら、時々、ひどく何かに怯えていらっしゃるようなところがおありで。前侯爵の旦那様が少し気難しい方でいらしたとはお聞きしたけれど』

エイメはそんなふうに言っていた。

やがて遺体は、海の見えるきれいな墓地へと運ばれた。

アベルがソフィアの手をとって何かを話し、花束を渡している。子供たちが花を投げ入れ、土がかぶせられる。すすり泣きが空気にこぼれる。

そんな厳粛な葬儀の風景を、ボリスは人の輪から離れたところに立って眺めていた。

「ボリス様」

と、立っていたボリスの背中からいくぶん固い声がかかった。キリアンだ。

「ただ今、もどりました」

「ご苦労だった」

ふり向かないままに、ボリスはうなずく。

「どうだった？」

「は。どうやら御前のおっしゃった通り…、本命のようです。時期はすべて、一致していますね」

静かに尋ねた声に、過不足なく答えが返る。

「しかし、驚きました…。二十年前の当時、十五、六というところでしょう。そんな年であれだけの事件を起こすとは……」

キリアンがいくぶん声を潜めるようにしてうめいた。

「事件を起こした理由はわかったのか？」

「それが、はっきりとは。ただ…、彼には姉が一人いたようですね。とても慕っていたようですが……実はその姉も死んでいるんですよ。二十年前の事件が始まる少し前に。公には病死で届けられていますが。もしかすると、それが一番最初の事件だったかもしれませんね。……そう、その姉の右の胸にあったそうなんです。十字型の痣が」

「なるほど…」

ボリスは小さくつぶやいた。

実の姉へのゆがんだ愛情があったのかもしれない。

いずれにしても、そんな事件を起こした理由については、本人に聞くしかないのだろうし——聞いたところで理解できるかどうかはわからない。

「問題は…、フリーダがどこにいるのか、だな。彼が居場所を知っているのか」

フリーダは失踪する前、カラブリアの宮廷でジョルディを見た——、と言っていた。

それがただ見かけた、というだけでなく誰かと一緒だったところを見た可能性は高い。もちろん、単なる仕事相手だということもあるだろうが、仮にそれがよく知っている人間であれば、尋ねていておかしくはない。

——あの人はどういう人なの？　あなたとどういう関係なの？

それを聞いて、相手がどう考えたか。

——ジョルディは二十年前のあの事件の時、証言を翻した人でしょう？　でも、最初の証言の方が正しかったはずだわ！　どうしてあの人は嘘をついたのっ⁉

あるいは、そこまで言われたら。

受け流すこともできるはずだが、いつまでもしつこく聞かれるくらいなら、と考えたとしても不思議ではない。

もちろん、フリーダがそこまで食い下がる理由も気になるだろうし、ジョルディのことを知っているのも不思議に思うはずだ。

まったく無関係であれば、気にもしないはずだが
――もし、その男が事件に関わっていたとしたら。

なかばため息をつくように言ったボリスに、おそるおそるというようにキリアンが言葉を押し出した。

「生きて……おられるのでしょうか？」

「わからないね」

淡々と言いながら、ボリスはその視界にジルの姿をとらえる。じっと目で追う。

やはり立場を考えてか、参列者たちからは少し距離をおいていた。

「遺体が見つかっていない以上、生きている可能性はある。その場合、なぜ生かしているのか、……その目的があるはずだ。もしすでに死んでいるとしたら、なぜ遺体を隠しているのか。その目的がね」

ああ…、とキリアンが震えるような息を吐いた。

「できれば…、ここでまた、ジルから姉が奪われるようなことにならなければいいが」

そう。フリーダが狙われた理由は――おそらく、フリーダの父親の問題だけではない。

エドアルドと結婚したせいだろう。

つまり、ボリスの責任でもある。その結婚を許した自分の。

「御前…、私が探ってまいりますので。どうか、今しばらくお時間をいただけませんか？」

必死に説得するような口調でキリアンが言ったが、

ボリスは首をふった。

「一刻でも早く、フリーダの居場所を突き止めなければならない。ならば、本人に聞くのが一番だよ」

「御前…！　それはあまりに危険です…！」

「おまえがついていてくれるのだろう？」

「それは……！　そうですが…、しかし」

吐息で笑うように言うと、キリアンが低くうなった。

そこでボリスはようやくキリアンをふり返った。

「フリーダの無事が確認できるまで、ジルには内緒だよ」

「しかし…」

「命令だ」

冷然と告げると、納得できない表情で、それでもキリアンは、不承不承、は…、とうなずいた。

「そうそう…。返事はいただいてきたかな？」

思い出したように尋ねたボリスに、キリアンが、こちらに——、と懐から一通の封書を取り出す。質のよい小さな白い封筒に、蠟封がされている。国王本人だけが使う指輪の印だ。

ピッ、と指先でそれを弾いて開くと、中はカードが一枚、入っているだけだった。

内容は一行。

『おまえは私を脅す気か？』

それにボリスはそっと微笑んだ——。

※　　　※

日が傾き始め、最後まで残っていた参列者たちもようやく帰り始めていた。

親族ではないのでジルは立っているだけだったが、会葬者には老齢の女性も多く、手を貸したり、案内したりしているうちに、あっという間に時間は過ぎていた。

そろそろ子供たちも疲れただろうし、先に連れて帰ろうかと、ジルはあたりを見まわして二人を捜した。

レオナルドはやはり動きまわっていたらしく、侍女の膝でぐっすりと眠りこんでいたが、姉のソフィアの姿が見当たらない。

「お嬢様はどちらかしら？」

侍女に尋ねてみても、先ほどまでそちらに、と困ったように言うだけだ。

教会の中をくまなく探し、墓地の方でも呼び掛けてみたが、返事がなかった。

ちょうど馬車に乗るところだったエドアルドを呼び止めて確認してみたが、どうやら一緒のようでもない。

「困った子だな…。もしかすると先に一人で帰っているのかもしれないが。すまないが、見つけて連れて帰っておいてくれ。私は今夜は、アベルの別荘に泊まるから」

どうやらエドアルドはこのあと、亡き人を偲(しの)びつつアベルと一緒に夜を過ごすらしい。

せかせかと馬車に乗りこんで、あっという間に走り出す。

とりあえずジルは言われるまま、レオナルドを連れてひとまず帰ることにした。

歩くと子供の足ではここから別荘までかなりの距離があると思うが、美しい景色に誘われたのかもしれない。

ただ、そろそろ夕闇が落ち始めるので、心細くなっている頃ではないかと思う。

墓地の外へ出た道に停められていた馬車に、眠っていたレオナルドと侍女を乗せ、館に帰っているように言った。

「でも…、ジュリアはどうするの？」

心配そうに聞いてきた侍女に、ジルは微笑んで言った。

「私は歩いて帰ってみます。途中でお嬢様を見つけられるかもしれないから」

そして馬車を見送って、ジルが道沿いに歩き始めてすぐ、だった。

轍（わだち）の跡から少し外れた草の中に、ジルは何か黒っぽいものを見つけて、何気なく身をかがめた。

手を伸ばして拾い上げてみると、――靴だ。

黒い靴が片方だけ。葬式であれば誰も彼もが黒い靴を履いているが、しかしまさか裸足で帰る人間はいないだろう。

そしてなにより、それは小さかった。子供用だ。

スッ…、と嫌な予感が胸をよぎる。

葬式に出ていた子供はと言えば、親族であるソフィアたちくらいだ。しかも片方、というのが、相当に不穏な状況を感じさせる。

まさか――血の枢機卿。

浮かんだ瞬間、背筋がゾッとした。

まさか、と思う。ソフィアはまだ八歳だった。餌食になるには幼すぎる。

今までの最年少は、十二歳くらいだったはずだ。とはいえ、大人びた子ではあったたし、考え始めると言い知れない不安でいっぱいになる。

姉がいない状態で、姪を守れないなどということがあってはならない――。

靴を握りしめ、ジルは足早に歩き出した。

※　※

アベル・オルボーンの別荘は、他の貴族たちの別荘が建ち並ぶあたりから少し奥へ入ったところにあった。

山の斜面に立っており、景色としてはなかなかよさそうだ。

しかし使用人の数はあまり多くないようで、ボリスは玄関のドアをノックしてからしばらく待った。

今日などは弔問客が残っていそうなものだが、あまり人の気配もない。

ようやく出てきた顔色の悪い執事に名前を告げると、しばらくお待ちくださいませ、といったん下がった。

玄関ホールが少しばかり陰鬱(いんうつ)な雰囲気なのは、時間が遅くて日が入らないからなのか、この家が喪中のせいなのか。

もどってきた執事に案内されたのは、部屋の中ではなく、中庭(パテオ)だった。

かなり大きな中庭で、面したそれぞれの部屋にぐるりと回廊がめぐらされている。

「ボリス様。よくいらしてくださいました」

空が赤く暮れなずむ中、アベルは腰を下ろしていたベンチから立ち上がってボリスを迎えた。

「このたびは。母君は残念なことでした」

「まあ…、それも寿命でしょう」

丁寧に言ったボリスに、軽くうなずくようにしてアベルが答える。

「事故だと聞きましたが？」

「ええ…。二階のテラスから転落しましてね」

つい、と無意識のように視線が背後に流れたのは、ここからでも見える奥の棟のテラスのようだ。

死に顔はきれいだったが、打ったのは後頭部だろうか。

「エドアルドとご一緒では？　あなたの馬車に乗っていたようだが」

「ええ…、彼は今、中で休んでいますよ」

軽く視線で、扉が開きっぱなしだった一室を指した。

「しばらく前に父の葬儀を出したばかりですからね…。慣れているつもりだったが、やはりなかなか。エドアルドがいてくれて助かりましたよ」

大きく息をついたアベルが、少し困ったような笑みを浮かべた。

「ボリス様…、先日僕が言ったことは忘れてください。あの時はどうかしていたようです。その…、夫婦ゲンカなどよくあることでしょうしね。僕の考えすぎでした」

「そうですか…」

わずかに目をすがめて、ボリスがつぶやく。

そして夕暮れの空を眺めるようにしながら、ボリスは静かに言った。

「実はあれから私もいろいろと考えてみましたよ」

それにアベルが軽く首をかしげる。

「何をでしょう？」

「あなたがあんなふうに言った理由……、目的についてね」

「目的？」

眉をよせてアベルがくり返し、何気ない様子でベンチに腰を下ろした。

ゆったりと足を組んで、じっとボリスを見上げてくる。

「目的などありませんよ」

「そうかな？　私はこの間のあなたの発言は、布石なんだな、と感じたが」

「布石……ですか」

　きょとんとしたように、アベルがつぶやく。

「そう。この先、あなたがやろうとしていることに対しての。先ほどあなたがエドアルドについての発言を撤回したのも、そのダメ押しのようなものかな。あくまで自分は信じていた、という」

　一瞬、アベルの表情が人形のように固まる。が、すぐに解けて微笑んだ。

「おっしゃっている意味がわかりませんね」

　貴公子然とした笑みで、しかし目はまったく笑っていない。ベンチについた腕がかすかに震えているのがわかる。

「エドアルドとフリーダの夫婦仲はよかったはずだ。エドアルドの暴力はちょっと考えられない」

「人は見た目とは違う場合がありますよ？　表に見えるだけの性格とは限らない」

　かすかに笑うように言ったアベルに、ボリスも微笑み返した。

「ええ、私もそう思うよ。だがそうだとしても、使用人たちの目をごまかすことはできないものでね」

「使用人？　彼らは単に口止めされているだけでしょう」

　手を広げてあっさりと言ったアベルに、ボリスは首をふった。

「口止めされているのなら、もっと怯えているはずだ。奥様の『許されざる恋の相手との駆け落ち説』をうきうきと語ったりはしないものだよ。エドアルドの屋敷の娘たちは、そんな噂話に興じているそうだが」

　ぐっ…とアベルが黙りこんだ。

「何が……言いたいんです？」

　低く押し殺した声がアベルの唇からこぼれる。鋭い眼差しが刺すようににらんできた。

「フリーダはまだ生きているね？」

　静かに返したボリスに、アベルが目を大きく見開いた。

　しばらくじっとボリスを見つめていたが、やがてにやり、と唇で笑った。

「なぜ…、そう思います？　行方不明になってもうひと月近くだ。僕がさらったのだとしたら、とっくに殺していていいはずでしょう？」

「そうだね。今までの『血の枢機卿』のやり方ならね」

　まっすぐに男を見下ろして言ったボリスに、アベルが一瞬息を呑み、しかしゆっくりと、大きな笑みが顔に広がった。

「なぜ……僕が？」

　どこか楽しそうな、愉快そうな声。

　しかし決して、否定するわけではない。

　むしろ――うれしいのかもしれないな…、とボリスは思った。

　本当ならば、決して誰にも言えないことだ。

　だが同時に、誰かに言いたい、という欲求もあったのだろう。

　あれだけの大罪を犯したのは、――今も犯しているのは、自分なのだ、と。

「二十年前、おそらくは姉君を皮切りに、あなたは次々と犯行を重ねていった。……なぜ実の姉を手にかけたのかな？」

　あえて淡々と、ボリスは尋ねた。

「姉はきれいで優しくて…、太陽のように明るくてね。あの屋敷の中で姉だけが僕の希望だった。父は厳しいだけで、母は逆に過干渉でいつまでも僕を子供扱いしてね。でも姉は僕を外へ連れ出したくれた。僕は姉を愛していたんですよ。本当に。僕の女神だった。……でもある夜、姉が男を引っ張りこんでいるのを見てしまったんですよ。美しい姉が獣みたいに男と交わっていて。それ以上、姉が穢されていくのを見ているわけにはいかなかった」

　アベルが思い出したように顔をゆがめる。

　幻滅した、ということだろうか。身勝手な話だが。

「でも死に際の姉は、それまでで一番、美しかったんですよ？　だから僕は……もっと見たくなった」

　どこか恍惚とした表情だった。

「しかしそれに、おそらくはお父上が気づいた。驚いたお父上はあなたをどこかの別荘にでも幽閉した。まわりには遊学している、という口実でね。そして後始末を、侯爵家に出入りしていた商人のミランに依頼した。……あるいは、ミランが先にあなたの犯行に気づいたのかもしれない。その始末を自分がつけることを条件に、宮廷出入り商人への推薦を侯爵に頼んだ。――違うかな？」

　整然と並べたボリスの言葉に、アベルが薄く笑った。

「そう。ミランとかいう男が先に気づいたんだ。屋敷を改装するのに、あの男が出入りしていたんだが…、僕の部屋で短剣やら血に汚れたマントやらを見つけたようでね。僕付きの者たちの口はふさいでおけたのだが、あの男は父上に密告した。おかげで二十年もの間、僕は暇で暇で死にそうでしたよ。まあ、ヴァイオリンの腕を磨く暇はたっぷりできたわけですが」

　そしてミランはその短剣を受けとり、商売敵を潰すのと一石二鳥でジルの父親に罪を着せたのだ。そこで働いていたジョルディを、娘婿にし、いずれは家を継がせる、という約束で抱きこんで。

「そんなに長い間、幽閉されていたにしては、社交術はずいぶんと学んだようにお見受けするが？　まわりに溶けこむ方法も」

「家庭教師はついてましたし、いろいろと勉強はしましたよ。なにしろ他にすることがなくてね。本もたくさん読みましたし…、芝居の脚本やなにかも。僕があまりにも無聊をかこっていたもので、母がよく慰めるために、部屋の下の庭先で野外劇などもやらせてくれました。僕も彼らに混じって、役者の真似事をしたりね。僕にはそちらの才能もあったようだ」

　クスクスとアベルが笑う。

　幽閉されていた二十年で、さらに心は屈折したのかもしれない。

「そしてお父上が亡くなって、ようやくあなたは自由になった」

「ええ。母が解放してくれました。母は僕が人殺しだなどと信じていなくて……いずれにしても、正式なオルボーン家の嫡男ですからね。跡を継がなければ」

　そして、殺人鬼を野に放ったのだ。

　ボリスは思わず眼を閉じた。

「母君の死は、本当に事故だったのかな？」

　静かに尋ねたボリスに、アベルが大きくうなずく。

「ええ、もちろん。……そうなんですよ。僕を解放してから、また『血の枢機卿』が現れるようになった。逃げるみたいに僕をサヌアに連れてきましてね…。愚かなことだ。本人を連れてくるんだから、今度は事件がサヌアで起きるだけなのに。そしてどうやら、この屋敷にフリーダを監禁していることを知ってしまったようでね」

――やはり、この屋敷内か……。

アベルの言葉に、ボリスは内心でうなずく。

この男の性格なら、目に見えるところにおいておきたいだろう、と思っていた。さらに、行動範囲もさほど広くはなさそうだ。

「ちょっと母は半狂乱になっちゃいましてね。テラスで言い合っているうちに、興奮した母はバランスを崩して背中から落ちてしまったんです」

それを微笑みながら言う男には、さすがに肌寒くなる。美しい容貌なだけに、なおさらだ。

「……それで、どうして僕がまだフリーダを生かしていると思うんです？　他の女たちと同じように、もう殺していていいはずでしょう？」

歌うような、楽しげな言葉。

「それは君がエドアルドを憎んでいるからだよ」

さらりとボリスは答えた。

ほう…、とアベルがつぶやく。

「ひどいな。僕は彼が大好きなんですけどね」

「だったら同じだけ、憎んでいるんだろう」

たじろがずに返したボリスに、ふふふ…っ、とアベルが肩を揺らした。

「いいヤツなんだけどね。つまらない男だよ、エドアルドは。二十年前だって、僕の起こした事件に顔をしかめるだけでね…。二十年ぶりに会ったら、もう結婚して子供までいる。幸せそうでね……」

どこか遠くを見つめる眼差しが、不気味に鈍く、光っている。

つまらない――普通の幸せを手にしていることが、無意識にも腹立たしかったのだろうか。

自分の失った二十年の間に、しっかりと男として成長した従兄弟にいらだったのか。

「あなたは…、今度はエドアルドに罪を着せるつもりなのかな？　フリーダをここでの最後の犠牲者にして、エドアルドに妻殺しの汚名までかぶせて」

「すばらしいですね。そこまで察していただいているとは」

アベルが大仰に手をたたいた。そしてわずかに目をすがめて尋ねてくる。

「あなた、何者です？」

その言葉に、ふっと、先日同じようにジルに聞かれたことを思い出した。

あの時、ボリスはジルの問いに答えなかったけれど。

「ウルラ・オクルス」

短く答えたボリスに、アベルがわずかに目を見開いた。

「……なるほど。あなたが梟ですか」

うれしそうに口元がほころぶ。

「父が生前に言っていたんですよ。梟が動きまわっている。早く手を打たなければ、侯爵家はおしまいだぞ、……ってね」

「フリーダはどこにいる？」

厳しく尋ねたボリスに、アベルはあっさりと答えた。

「この屋敷にいますよ。しかしうれしい誤算だ。このクライマックスにあなたのようなゲストを迎えられるとは」

そしてベンチから立ち上がると、ゆっくりと回廊の方に歩きながら続ける。

開いた扉の前でくるりとふり返って、ボリスに笑いかけた。

「知っていますか？　フリーダが失踪してから、エドアルドはすごく苦しんでいましてね…」

あるいは、その苦しみを間近で見たいがために、一カ月もフリーダを閉じこめているのかもしれない。あえて遺体をさらすこともなく。

「ずっとあなたとの仲を疑っているんですよ、彼。僕は何度も相談を受けました」

「それはエドアルドの弱さだな」

ボリスは無慈悲に言い切った。

「フリーダは私にとって大切な娘だが、娘という以上ではないのでね」

「そんなことはどうでもいい。ただあなたに来ていただいたおかげで、演出が一つ増やせますよ」

「つまり、密通していた妻と愛人を見つけて、怒りに我を忘れたエドアルドが二人を殺し、自らも命を絶つ——というような？」

「その通りですよ。すてきでしょう？」

「通俗的だね」

朗らかに声を上げたアベルを、ボリスはバッサリと切り捨てた。

「なんとでも」

さすがに不機嫌そうに、アベルが鼻を鳴らした。

それでもすぐに思い出したように微笑む。

「でも実はもう一つ、今回の舞台に花を添えるものがあるんですよ」

どうやらこの二十年で、アベルの中では快楽殺人が「殺人劇」にまで進化したようだ。

なんだ……？　と思った時、部屋の中からゆらり、と黒い影が二つ、アベルの左右から現れた。

身なりは普通の侍従といったところだが、二人とも無表情で、双子のように似ている。

まっすぐにアベルの一歩後ろに立っていたが、アベルが軽く顎をふると、一人がするりと短剣を手にボリスに近づいてくる。

どうやらアベルの私兵というところのようだ。

爵位を継いで、財力を自由に使えるようになると、自分の欲求を満たすために環境を整えられるようになったのだろう。

権力が父にあった昔とは違い、あるいはこの先は、人を使って遺体を隠したり、遠くへやったりすることも楽にできるようになる。おそらくは気に入った犠牲者を見つけるようなことも。

それを考えると、背筋が冷える。

頭はもともといいのだろう。芸術的な才能もあったようだが、残念なことだ。

「一緒に来ていただけますか?」

ゾッとするような笑みを浮かべたまま、アベルが言った。

「私がおとなしく行くと思うのかな?」

男との距離を測りながら、ボリスも強いて穏やかに返した。

「彼が剣を使わないうちに、そうされた方が賢明だと思いますよ?」

ボリスの前でピタリと男が立ち止まる。

不気味に感情の欠落した顔でボリスを見つめると、剣の刃を鼻先に突きつけてくる。

――瞬間、ボリスは男の手首を掌底(しょうてい)でたたきつけた。

うっ…、と驚いたように、初めて男の表情が変わる。

ボリスを見て、まともに手向かってくるような男とは思わなかったのだろう。

ボリスはそのまま身体を反転させるようにして男の腕を引きつけ、短剣を払い落とそうとする。

が、男の身のこなしもただ者ではなかった。

抵抗するのではなく、スッ…、と一瞬、力を抜く。

そうされると、ボリスの方がわずかにバランスを崩してしまう。

そのまま短剣を持った手が弧を描き、反射的に避けたが刃先が頬をかすっていった。

「……つっ…！」

「ボリス様……っ！」

間髪を容れず、振り下ろそうとした男の剣が、ボリスの後ろからいきなり伸びてきた剣に払われる。

キリアンだ。

ボリスが屋敷に入るのと同時に忍びこみ、今まで回廊の柱の陰に身を潜めていたらしい。

ボリスも気配を察することはできなかったが、いることはわかっていた。

チッ…、と男が不機嫌に舌打ちし、一瞬の判断でキリアンに向き直った。

やはりそちらの方が手強いと察したのだろう。

その隙に、ボリスはアベルに向かって走った。

おそらくその後ろの部屋に、エドアルドがいる。

この騒ぎにも顔を出さないわけだから、眠らされているのか、拘束されているのか。

――と、その時だった。

ボリスの前で、もう一人、アベルの側に残っていた男がゆったりと懐に手を入れると、短銃を取り出したのだ。

その銃口が静かに、中庭の奥でもつれ合っている二人に向けられる。

かなり実力は拮抗しているようだった。キリアンは相当な腕だが、短剣でその相手になれるとは。

おたがいに相手から気をそらせる余裕がなく、銃には気づいていない。

「——キリアン、よけろ！」

ボリスが叫ぶと同時に轟音が鳴り響き、キリアンが大きく草の上に転がった。

一瞬ひやりとしたが、撃たれた、というより、身を投げた形だ。しかしとっさに左腕を押さえたところを見ると、かすったかどうかしたらしい。

「きゃぁぁぁ……っ！」

いきなり上がった甲高い女の悲鳴に、ボリスはハッとアベルの方に向き直った。

いつの間にか、ソフィアがアベルの腕の中でもがくようにして叫んでいたのだ。

——まずい……。

ボリスは唇をなめ、素早くキリアンに指で合図を送った。

——行け……！　と。

ここで人質をとられたら、身動きがとれなくなる。

二人ともが捕らわれると、次の行動にも移せない。

後ろは見ていなかったが、ザッ…！　と、次の瞬間、草の鳴る音がした。

「クソッ……待てっ！」

そして聞き覚えのない男のあせったような声。

まさか逃げるとは思わなかったのだろう。

石畳を踏み、追いかける音が背中で遠くなる。

そっと息をつき、ボリスはじっとアベルをにらんだ。

クッ…、と喉で笑って、アベルが万歳をするように両手を離すと、ソフィアがバタバタっとボリスに駆けよってきた。

「ソフィア…、どうしてここにいるんだ？」

顔を恐怖に引きつらせている少女を抱きしめ、背中を撫でながらボリスは落ち着いた様子で尋ねた。

「お…おじ様が……お母様に会わせてくださるって。

でも…、迎えに来た人が乱暴で……、わたし…、恐くて……っ」

しゃくり上げながら、ソフィアが言う。

おじ様、というのがアベルのことだろう。

その間に、銃を持った男が弾をつめ直している。

「子供まで巻きこむつもりか…？」

低く、怒りを押しこめて尋ねたボリスに、アベルが微笑んだ。

「親子で仲良く死なせてやろうというのだから、親切だと思いませんか？　しかもフェランド伯爵家の跡取りはちゃんと残している。別に血筋を絶やしたいわけではありませんからね」

さらりと言うと、アベルがくるりと背を向けて部屋の中に入っていった。

銃口にうながされ、仕方なくボリスも足を動かす。

「大丈夫だからね」

優しくソフィアの頭を撫でながら。

残照が真っ赤に空を焦がしていた。

ふっと、手のひらに、昔ジルの頭を撫でてやっていた感触を思い出す。

昔は……あの子も恐がりだったのだ。

涙は必死に流さないようにしていたけれど。

2

ジルはいったん家にもどったものの、やはりソフィアが帰ってきた様子はなかった。

執事と相談して、手分けして捜すことにする。

街中を捜す者たちと、もう一度、教会や墓地まで捜しに行く者たち。

そして、ジルはアベル・オルボーンの別荘へ行ってみることにした。

今夜はエドアルドがそちらに泊まることになっているので、うっかり誰かが間違って連れて行ったのかもしれない。どちらにしても、父親には報告しなければならなかった。

「あなたは館でお待ちになった方が。もう日も落ちましたし、女性には危険ですよ」

執事には忠告されたが、「わたくしの責任ですから」とジルは押し切った。

好意はありがたいが、そもそも女性でもない。

歩いていけない距離ではなかったが、ジルは馬を借りた。馬車を出してもらうほどのことではなく、ソフィアくらいなら抱いて乗ることもできる。

……もっともドレス姿だったので、女乗りになるのがちょっとうっとうしかったが。


月明かりだけの薄暗い道を、並足で進んでいく。

さすがに葬儀があったせいで、今夜予定されていた夜会や舞踏会などは中止になったようだ。

いつになく静かな夜だった。

ふだんのような馬車の往来もなく、馬の規則正しい足並みと、虫の声だけが世界に満ちている。

——と、その静寂の中に、何か引っかくような違和感が耳に飛びこんできた。

キン…！　と金属が打ち合うような。

ハッとジルは手綱を引いた。

——どこだ……？

目を閉じて、耳に神経を集中させる。

——と。

いきなりザーッ！　と側面の斜面から、何かがもつれ合うようにすべり落ちてきた。

「な……」

暗闇の中、それが何かもわからなかったが、ジルの目の前の道に相次いで転げ落ちると、次の瞬間、火花が散った。

どうやら二人の人間が戦っているのだと、ようやくわかった。

とはいえ、この闇の中では顔も確認できない。

短剣と長剣とでやり合っているようで、それぞれにかなりの腕前のようだ。

サヌアみたいな、基本的にのんびりとした街にはめずらしい。

思わず、薄闇の中で目を凝らして眺めてしまう。

と、じわじわと二人がこちらに近づいてきて、ジルと馬とを挟むようにして対峙(たいじ)する形になる。

「きさま…、どけ……っ！」

いくぶん高めの声が殺気立ったように叫び、もう一人もいらだったように声を上げた。

「動くなっ！」

それぞれに言いたいことはジルにもわかる。

どのくらい戦っているのか、おたがいの息遣いは荒く、ジルが動いた時が最後のきっかけになる。

だが、ジルはそのあとの声に聞き覚えがあった。

キリアンだ。

――なんで……？

ちょっとあぜんとするが、ここでヘタに動くとキリアンにとって不利になる。

おたがいに攻撃する隙を狙って、間合いを、タイミングを、位置を測っている。

と、ふっ、と月が雲に隠れた瞬間だった。

グイッ、といきなり見知らぬ男がジルの馬の手綱を思いきり引いた。

一気に馬が暴れ出し、大きく身体を跳ね上げる。

「なに…っ!?」

キリアンのあせった声が耳を打つ。

男がにやっと笑った口元が、一瞬、ジルの目に飛びこんできた気がした。

と同時だった。

ジルが足首から引き抜いた細身の剣が、真上から男の首筋の一点をずぶっ…、と深く貫いた。

男の笑みが瞬間に引きつり、ぐご…っ…、と開いた口から濁った声がこぼれる。

糸が切れたみたいに、男の身体がそのまま道へと沈んだ。

ジルはそのまま剣を手放すと、興奮した馬をなんとかなだめる。

「な…、——なんだ……？」

何が起こったのかすぐには把握できなかったようで、キリアンがなかば口を開きっぱなしに、身体を抱えこむようにして地面に倒れた男を眺め、そしてようやく馬をなだめてもどってきたジルを見上げた。

「あの…、あなたは……——え、ジルっ⁉　おまえかよっ！」

ようやく喪服姿の女性の正体に気づいたようで、キリアンが目を見開いた。

「あなたこそ何をやっているんですか、こんなところで？」

ジルの方もあきれて、友人を見下ろしながら聞き返す。

「誰です、これ？」

「いや、名前は知らないが……」

ようやく剣を収め、手のひらで頬をこすったキリアンは、ハッと思い出したように声を上げた。

「それどころじゃないっ！　御前がっ！」

「ボリス様が？」

ジルはふっと眉をよせる。

「何かあったんですか？」

「あ…、いや……」

しかし問いただすと、キリアンは突然歯切れ悪く、視線を漂わせた。

「キリアン？」

どうやらボリスに口止めでもされているのか。

ジルは馬を返しながら、左手でするりとウエストの剣を引き抜くと、刃先を馬上からキリアンの喉元にピタリと押しあてた。

「なんなら、ここでお手合わせしますか？　この間はやり損ねましたからね」

「い、いや……、いい」

顔を引きつらせ、片手を上げて、じりっとキリアンがあとずさる。

「さっさとしゃべってください」

いらだたしく上から命令したジルに、キリアンが首の後ろを撫でながら、ちょっとため息をついた。

「そうだな。御前の言いつけを守ってる場合じゃない。……例の『血の枢機卿』の正体がわかったんだ」

一瞬、心臓がぐっとつかまれた気がした。

意識して、ようやく深い呼吸をしてから、ジルは低く尋ねた。

「誰です……？」

「アベル・オルボーン。アルミラル侯爵だ」

「あの方が…っ？」

さすがに声を上げてしまう。

「そうだ。二十年前の事件も、今回の事件も」

「いったいなぜ……？」

混乱する。地位も名誉も財産もある男だ。

知らず問うような言葉がもれたが、キリアンはあっさりと言った。

「それはあとだ。それより、今、あの男の別荘には御前とフリーダ、フェランド伯爵と、それにお嬢ちゃんまで一緒にいる」

「ボリス様が？　……え、姉が……いたんですかっ？」

思わず噛みつくように聞き直してしまう。

それに「お嬢ちゃん」というのは、ひょっとしてソフィアのことだろうか。

「ああ。しかもアベルは恐ろしい計画を立てているようだ」

いくぶん青ざめた顔で言ったキリアンは、その内容をざっとジルに話した。

今度はエドアルドを、身代わりにするつもりだと。

——姉の夫を。

ゾッ…とした。

「人質に取られた形だからな…。うかつには手を出せない。さっきみたいなのがあと何人もいるとやっかいだ。応援を頼みに行こうと思っていたんだが」

「応援ってどこへです？　カラブリアならいざ知らず、他国なんですよ？　プレヴェーサの連中が何人か使えるくらいじゃないですか」

小さく唇を噛んで、ジルはうめいた。

艦が一隻でも入っていれば、まだ人数を集められたはずだが。

しかしどちらにせよ、そんな余裕はない。

「とにかく、私が入ってみます」

「大丈夫なのか？　入れるか？」

心配そうに首をひねったキリアンに、ジルはさらりと言った。

「この格好ですからね。男が行くよりは油断するでしょうし、ソフィアを迎えに、と言えば、簡単に追い返すこともできないでしょう」

とにかく、行くしかないのだ。時間もない。

「そうですね…、ちょっとやり方を考えてみましょうか」


そのままジルは馬で別荘まで乗りつけ、正面の重厚なドアをたたいた。

「申し訳ございません。フェランド伯爵家の者でございますが。今晩、当家の主人がこちらに立ちよっているものと思いますが、お取り次ぎ願えますでしょうか？」

薄く開いた扉の向こうの侍女らしい女に、ジルは何気ない様子でそう伝えた。

まだ若い。おどおどと何かに怯えているようにも見える。

彼女はジルを玄関ホールに通してから、うかがってまいりますので、少々お待ちください――、と逃げるように奥へ引っこんだ。

その隙に、キリアンが中へとすべりこむ。ジルと視線で合図をして、階段の下へと身を隠した。

待っている間、陰気な家だな…、とちょっと顔をしかめ、しかし考えてみれば、今日葬式があったばかりなのだ。陰気でも仕方がない。

計画はシンプルだった。

中の人間に見つからないように、二人で手分けをしてボリスたちの居場所を捜すには、この別荘は広すぎる。

ならば、案内してもらうしかなかった。

誰に？　といえば、執事であれば、まず問題はない。

この家の主――アベルの罪を知っていようが、見ないふりをしていようが、執事が異変に気づいていないはずはなかった。

具体的なことはわからなくとも、主人が何かあやしげなことをしているくらいは。

葬儀であろうがなかろうが、いつも黒い服だろう痩せた執事が、感情の見えない顔でジルの前に立った。

「このような時に申し訳ございません。こちらに当家のお嬢様がお邪魔しているとお聞きいたしましたので、お迎えにまいりました」

にっこりと微笑んだジルに、執事は相変わらず表情もなく言った。

「お嬢様と言いますと、ソフィア・オルボーン様でいらっしゃいますね。……いえ、今日はこちらへはいらっしゃっておりませんが」

「あら…？　おかしいわ。確かにお父様と一緒だったとうかがったのですけれど」

「フェランド伯爵は当家の主人と一緒にお帰りでしたが、その時はお二人だけでございました」

「そうですか…。誰かの勘違いだったようですわ。……では、エドアルド様にお取り次ぎいただけますか？」

白々しくジルは続けた。

「申し訳ございません。フェランド伯爵はすでにおやすみになっていらっしゃいまして。今日は朝から大変でしたので、お疲れになったのでしょう」

「まあ…、困ったわ」

困惑したふりをしながらも、さすがにそつがないな…、とちょっと舌を巻いてしまう。

しかしその間にも、ジルはジリジリと小さく動いて場所を定めていた。

「では、お言伝だけ、お願いできます……——きゃぁぁ……っ！」

と、いきなり背後から首を絞められ、ジルは精いっぱい高い声を張り上げた。

ジルの首に腕をまわし、短剣を突きつけているのは――キリアンだ。

「な…なんですの、あなたはっ？」

恐怖に顔を引きつらせてみせたジルに、さすがに目の前の執事も呆然と立ちつくしている。

「あんた！　執事さん、俺が用があるのはここの主人だ。いるところに案内してもらおうか！」

いかにも悪人らしく、高圧的に言ったキリアンに、口をカクカクさせながらようやく執事が言葉を絞り出した。

「そ、そのようなことは……」

「さっさとしないと、このお嬢さんが死ぬことになるぜ？」

ぐいっと荒々しい様子でジルの肩をつかみ、刃先を頬に押しつける。

「お…お願いです…っ、助けて……」

ジルもか細い声で、泣きそうなふりをしながら懇願した。

「こ、こちらに……」

さすがに客を見殺しにするわけにもいかないのだろう。どうすればいいのかとまどいつつ、執事が先に立って歩き出した。

「ほらっ、おまえも来るんだっ」

乱暴に言いながら、キリアンがジルの肩を突き飛ばすようにして前を歩かせた。

怯えたふりで、ジルは両手を握りあわせて、そっと執事のあとをついていく。

キリアンは後ろで剣を構えたままだが、もちろん構えだけだ。

使用人たちはいいが、私兵があと何人も屋敷内にいるのなら、それに注意しなければならない。

人質のふりで、ジルは前後左右に気を配った。

何度か増築を重ねた建物らしく、なかなかに複雑な造りだ。

奥に向かうほどだんだんと人気がなくなり、コツコツ…と足音だけが響く。

と、ふいにピシッ…、と何かが肌に当たるような感覚に不意に襲われた。

張りつめた空気――殺気、と言ってもいい。

「右後ろ」

小声で短くささやいた次の瞬間、きゃぁっ！　とジルは黄色い悲鳴を上げ、立ちすくんだふりで身を強ばらせた。

二階の踊り場から男が一人、降ってくるのと同時――いや、わずかに早いくらいで、さすがキリアンがタイミングよく、斬り伏せる。

ハッとふり返った執事の顔色が、さらに紙のように蒼白になっていた。

なるほど、この執事がおとなしく案内してきたのは、このあたりまで来ると私兵が多く、不審者を連れてきたとしても彼らがなんとかしてくれる、と思っていたらしい。

「このお屋敷は、ずいぶん物騒なのをたくさん飼ってるようだな…」

いかにも皮肉な調子で言って、キリアンが片頬で笑う。

執事は唇を痙攣(けいれん)させながらも、無言のまま、前へ進んだ。

しかし実際のところ、廊下を一つ渡るたびに湧き出してくる私兵の数は少しずつ増え続け、キリアンもだんだんと手こずるようになっていた。

というか、ジル自身、いちいち悲鳴を上げたり、恐がってみせたり、無難な位置を確認して引いたりするのがだんだんとめんどくさくなっていた。

「ほう…、これはイイ女じゃないか」

と、広い中庭に面した回廊に出た時、いきなりそんな声が耳に飛びこんでくる。

中庭に沿った回廊にはぐるりと円柱ごとにランプが灯(とも)され、その柱のあたりに数人、ぶらりとやる気のない様子で立っていた。

雇っている私兵の数は多そうだが、あまり統率がとれているようではない。あるいはむしろ、放し飼いを楽しんでいるのかもしれない。

お気に入りの数人ほどを、近くに置くくらいで。

「助けてやるから…、ほらっ、こっちに来いよ！」

とはいえ、腕が悪いわけではない。それなりに戦い慣れはしているようで、兵士崩れだろうか。

にやにやといやらしく笑った若い男にグッと腕がとられ、ジルはよろけるふりで男の懐に倒れこんだ。

あ～れ～、とでも声を上げるべきだっただろうか。

「へー…、マジ、べっぴんさんだな」

汚い髭面を頬にこすりつけられて、一瞬、殺意が湧いて出る。

「は、離してくれませんか…っ――とっ！」

弱々しい抵抗でわずかに押し返した次の瞬間、ジルは左手で抜いた細身の剣で男の顔面を下から斜め上に切り裂いた。

「うわぁぁぁっ！」

すさまじい悲鳴とともに、男の身体が弾けるように飛び退いた。

反射的に顔を覆った指の間から、血がたらたらと流れ出している。

まわりにいた男たちが驚愕に目を見開き、その場で立ちつくしていたが、すぐにハッと身構えた。

「きさま…、いったい……!?」

誰かがつぶやいた隙に、短く舌を弾いた別の男がジルに襲いかかる。なかなかのスピードだ。

左手でいったんそれを受けたジルは、さすがにわずかに押される。

「ハッ…、女が…っ！」

吐き捨てて男がにやりと笑った瞬間、ジルはわずかに身体を引く。ふっと、つんのめるように男の身体が落ちたのと入れ替わるように、するりと身をかわしたジルは、右手で抜いた剣を一気に男の肘に突き立てた。

「残念でした。女じゃなくてね」

男の身体が床に落ちる寸前、耳元でささやいてやる。

すさまじい悲鳴を上げて、男ががっくりと膝を折った。持っていた剣を取り落とし、腕を押さえてガクガクとうずくまる。

「な……、おまえ……、何……？」

「その腕、もう二度と使いものにならないかもしれませんね」

ふり返って言い捨てたジルは、向き直る動きと同時に小柄を投げる。

斬りかかろうとしていた男が、壁にぶつかったように立ち止まり、とっさに喉に刺さった小柄を押さえこんだ。

遅れて、ぐ…、と濁った声がもれる。

「おまえ、どこに何を仕込んでんの……？」

どうやら、一人二人片づけたらしいキリアンが、後ろであきれたようにうめいた。

「うちの親父って、そんな技、教えてたのか…？」

指先で頭をかきながら聞かれて、ジルはさらりと答えた。

「教えてくれましたよ？　あなたは不器用だからダメだとおっしゃってましたけど」

「はいはい。不肖の息子ですよ、俺は」

　ふん、とキリアンが唇をとがらせる。

　ジルは胸元やウエストあたりのボタンを手早く片手で外していくと、殻を脱ぎ捨てるみたいにして両腕から袖を引き剝がし、喪服のドレスを脱ぎ捨てた。

　もちろん下にはきっちりとズボンと、薄手のシャツを着こんでいる。足下はブーツで、キリアンに言わせれば、いくつかの武器を仕込んでいる。腰回りにも実は薄いコルセットのようなものをつけていて、二種類の剣を始め、他にもいくつか。

　ドレスを脱ぐとさすがに動きやすいし、風通しもいい。

　ジルはかまわず床でうめいている男たちを踏み越え、引きつった顔で立ちつくしていた執事に向かって微笑んだ。にっこりと、しかし骨から冷えるような笑みだ。

「いいかげん、痺れが切れそうなんですよ。さっさとアベルのいるところに案内してもらえますか？」

　ピンを引き抜き、結い上げていた髪を片手で三つ編みの形に下ろしながら無造作に伝えると、執事は小刻みに唇を震わせるようにして、いくぶん早足に歩き出した。

　ようやく引きまわすのもムダだ、と悟ったらしい。

　というか、ジルもグルだったのだ、とようやく気がついたのだ。

　つまり、今まではジルが人質だったのが、今は自分自身の身が危うい――、と。

　執事が二人を連れて行ったのは、中庭を挟んだ北の棟で、回廊でつながっているものの、離れといった雰囲気の建物だった。

「こちらでございます」

冷や汗をにじませながら、執事が扉を開いて中を示す。

「本当にあの男がいるかどうか、確認して来てもらおうか？」

キリアンが剣の先で執事をうながしたが、執事は身震いするようにして首をふった。

「いえ…、ここには決して入るなと、旦那様よりきつく申しつかっております。ですが、間違いなく、こちらに」

キリアンがちらっとジルに視線をよこす。

ジルもうなずいた。この様子ならば、嘘ではないようだ。

キリアンが剣を引き、その切っ先で、行け、と合図をすると、執事が逃げるようにその場を去った。

おそらくは館中が、いったい何が起こるのかと、固唾を呑んでいるのだろう。

「中に何人、私兵がいるのかわからないのがつらいな……」

ジルはちょっと顔をしかめた。

「少なくとも一人はいる。さっき…、ここに来る前に俺とやり合っていたヤツと双子みたいにそっくりな男だ。銃をつかう。アベル・オルボーンが近くにおいていたのは、その二人のような気がするが…、まあ、はっきりしたことは言えないな」

キリアンの言葉に、ふぅん…、と唇を指で撫でながら、ジルは小さくうなった。

「確かにアベルは…、大勢の私兵でまわりを固めるようなタイプじゃないですね。本当にお気に入りの者を数名、側に置くような男だ」

実際、二階建てのこの棟に、大勢の人間がいるような気配はない。……まあ、息を潜めているのでなければ、だが。

時折、ギシリ…、と床が軋む音がして、二階を誰かが歩いているのがわかる。しかしそれも、大人数ではない。

うなずきあって、キリアンが先に中へと足を踏み入れた。

執事を入れないくらいだから、使用人たちも入れていないのだろう。その分掃除が行き届かず、どこかほこりっぽい。

ざっと様子をうかがってみるが、何部屋かある一階にはまるで人の気配がなかった。

結局、戸口を入ってすぐのところにあった階段までもどってくる。

明かり取りの窓から、月明かりがうっすらと差しこんでいた。

「キリアン。……お聞きしたいことがあるのですが？」

わずかに身を低くして先に階段を昇り始めた男の横顔を眺めながら、ジルは低く言った。

「なんだ？」

キリアンの眼差しはじっと二階を注視したまま、落ち着いた返事だけが返る。

「ウルラ・オクルス」

しかしジルがつぶやいた瞬間、ハッとその視線が向き直る。しかしわずかにとまどったように揺れてから、すぐにもとにもどった。

「ご存じですね？」

返事はなかった。

「それについてはお聞きしません」

そんなジルの言葉に、キリアンがそっと息をついたようだった。

微妙な緊張が解ける。

今朝、尋ねた時、いずれ話せるかもしれない――と、ボリスは言っていた。

ならば、その時を待ってもいいいと思った。

話してくれるのであれば。

「ただ、一つだけ。――二十年前、あなた方は私の父の無実を知っていたんですね？」

ささやくようなジルの問いに、キリアンが上を見つめたまま、そっと唇をなめた。

そのまま足を忍ばせて踊り場まで上がり、さらに二階の廊下へと入る手前まで行き着く。膝をつき、床ギリギリからわずかに顔をのぞかせて、二階の様子を確かめた。

体勢を直したキリアンがうなずき、ジルと位置を入れ替える。

ジルもそっと、確認してみた。

一階と違って人の気配はあるが、やはりさほど大人数ではないようだ。廊下にも誰もいない。

ただ、一番奥の部屋のドアが薄く開いていて、中から燭台かランプか、かすかな光がもれている。

ふぅ…、と長い息を吐いてから、キリアンがようやく口を開いた。

「親父たちは……そうだな。知っていた、という言い方をすれば、知っていたと言えるだろう。ただ確証はなかった。『血の枢機卿』は貴族ではないか、と御前も親父も考えていたようだからな」

実際にそうだったわけだ。

「では、なぜ……？」

それを公表してくれなかったのか。

結局、父は見殺しにされたのか。

知らず、かすれた声がこぼれ落ちる。キリアンを責めてしまいそうになった。

もちろん、理性ではわかっていた。

きっちりとした証拠を挙げ、真犯人を名指しして糾弾できなければ、あの時点で父を救うことなどできなかっただろう。

犯人ではないと思う、くらいのことでは、誰も耳を貸してくれるはずもない。

キリアンが長い息をつき、まっすぐにジルを見て言った。

「御前は……ずっと後悔していたよ。汚名を着たままで亡くなるくらいだったら、無理やり脱獄させればよかったたってね」

「脱獄…？」

過激な言葉に、ジルは一瞬あっけにとられる。

キリアンと目が合って、同時にちょっと笑ってしまった。

確かに、どうせ財産も、信頼も失ったのだ。脱獄くらい、と思ってしまう。

「本当は…、二十年前に本当の『血の枢機卿』を追いつめられればよかったんだろう。力不足だった、と。あの時からずっと、御前はおまえたちのことを気にかけていた。先代には止められていたから、先代が亡くなって一番最初に御前が親父に命じたのが、おまえたちの行方を捜すことだったよ。かなり時間はかかったみたいだったけどな」

気にかけてくれる人がいたのだ、と。

すれ違う誰もに、石を投げられるようなあの頃から。

ジル自身、その存在を知らないくらい昔から、ずっと。

「いいか？」

低く聞かれ、ジルはうなずいた。

姉を救い出さなければならない。

――もちろん、ボリスも。

そして聞くことを聞いて——言いたいことを言っておかなければ。

二人はゆっくりと二階へ上がり、奥のドアへと近づいた。素早く、ドアを挟んで左右に立つ。

「——さあ。大事なのは順番だ」

ふいにそんな楽しげな声が、ドアの隙間から聞こえてくる。アベルの声だ。

「妻の密通現場に乱入してくる夫としては、まず……妻を撃つかな？　それとも、相手の男を？」

「アベル……、いったい君は……何を言っているんだ……っ!?」

混乱しきった様子で叫ぶ、エドアルドの声。

「そこへ娘が飛びこんでくる。『お父様、撃たないで！』」

しかしかまわず、声色を使ってアベルが続けた。

「しかし逆上した君は最愛の娘まで撃ち殺してしまうんだ」

「アベル…っ！」

悲痛なエドアルドの叫び。

「そして最後は、絶望した君が自分の頭を撃ち抜いてフィナーレだ。……そうそう、ついでと言ってはなんだが、君にはここしばらくの『血の枢機卿』になってもらわないとね」

ジルは思わず息を吸いこんだ。

血の枢機卿——アベルの口から出たその言葉に、身体の奥から怒りが噴き上げてくる。

ここでまた別の人間を身代わりにして、……しかしアベルがそれで殺人をやめるとも思えない。

また場所を変えて、続けるつもりなのか。

「……ああ。こんなのもいいな。エドアルド、君の様子がおかしいことに気がついたフリーダは、それを父上のエストラーダ伯爵に相談するんだ。ボリス様、あなたはそれをエドアルドに問いただす。秘密を知った義理の父上を君は撃ち殺し、それを見たフリーダも殺してしまう……」

酔ったようにしゃべり続けるアベルの声を聞きながら、ジルは扉の隙間から中をのぞきこんだ。

ゆっくりとした足どりで動いているのが、アベルだろう。

手にしているのは……猟銃、だろうか？　長い銃身のものだ。

奥の窓際に、うずくまるようにして誰かがいるのがわかる。ドレス姿のようで、姉かソフィアか。

エドアルドとボリスも、どうやらその付近にいるらしいが、姿は見えなかった。

「アベル…、ムダだよ。君の思うように世間は考えない。君のしたことは、すでにカラブリアにも報告されている。すぐに……追われることになる」

ボリスの声だった。淡々と、冷静な様子だ。

「黙れ…！」

ずっと楽しげにしゃべっていたアベルが、いきなり声を荒らげた。

「オルボーン家の名誉は大きく傷つくだろうね。爵位や領地も没収になり、君は捕らえられる。こんなつまらないことをしている暇はないと思うがね？」

「黙れと言っているだろうっ！　おまえを先に殺してやろうかっ？」

その言葉に、ジルはハッとした。

細い隙間から、男が険しい表情で銃を構えたのがわかる。

次の瞬間、ジルは何も考えず、中へ飛びこんでいた。

「――うおっ！　ジル！」

あせったようなキリアンの声。

かまわず、ただまっすぐに男の銃を持つ手につかみかかりると、とっさに銃口を天井に押しやる。

——ガーン……！

と轟音が響き、ソフィアだろう、悲鳴とともに火がついたように泣き出した。

「ジル…！　うしろだっ！」

と、ボリスの声が耳を打つ。

それに反応し、ジルは反射的に身体をひねった。

ほとんど同時に、もう一発、銃声が響き渡る。

さっきよりもう少し軽い音だ。

「——ぐ…は…っ……」

気がつくと、ジルが抑えこむ形になっていた男の脇腹あたりだろうか。服についた赤い染みが、一気に大きく広がっている。

男が固く握りしめていた銃が、ガタン…、と手からすべり落ちる。

男の身体が急速に力をなくし、ずるり…、と床へ倒れた。

ジルが反射的に身をかわした分、アベルを盾にする形になったようだ。

「アベル……！」

あせったような男の声。女の悲鳴。

撃ったのは——キリアンが言っていた私兵の男だろう。

撃ったあと、銃を投げつけて逃げようとした男を、キリアンがドアのところで押さえこんでいる。

「きさま…！　おとなしくしろっ！」

すべては一瞬だった。

縛られていたエドアルドは呆然と、青い顔で血を流して倒れているアベルを見つめ、床へすわりこんでいた姉——数年ぶりに顔を見た——は、娘をきつく抱きしめたまま、娘にこの惨状を見せないように胸に顔を埋めさせたまま、身体を震わせていた。

そしてボリスもやはり縛られた状態で、横のイスにすわらされていた。

「ジル――」

穏やかな声で呼ばれて、ようやく我に返る。

無意識にふっと肩から力が抜け、ジルは思い出したように短剣を抜くと、まず近くにいたエドアルドを縛っていた縄を切ってやる。

礼を口にする余裕もないようで、転がるように妻と娘のもとへ走った。

それを横目に、ジルはボリスに近づいた。

「めったに見られない光景ですね」

目をすがめてじっくりと眺め、思わずクッ…と笑ってしまう。

「私が海賊にさらわれるお姫様かな？」

ボリスが肩をすくめてみせた。

……それはちょっと不気味で、あんまり笑えない。

ジルはボリスの縄も切ってやった。

「私よりあなたですよ。あまり無茶をしないでください。いい年なんですから。こういう仕事は若者に任せておけばいいんですよ」

くどくどと、説教するみたいに言ってしまう。

「まだそこまでの年じゃないよ……」

縛られて痺れていたらしい腕をさすりながら、ボリスはいささか不服そうにぶつぶつ言ったが、ジルは容赦なく指摘した。

「こんな男に簡単に捕まるようでは話になりませんね」

「それは……いろいろだよ。状況もある」

咳払いしながら言い訳し、ボリスが静かにアベルの死体をのぞきこんだ。

短いため息をつき、小さく首をふる。

アベルは目を見開いたまま、何かをにらむように死んでいた。

ずいぶんと、あっけなく――。

この男が、この二十年、ずっとジルが探し続けていた男なのだ。

「ジル――」

ジルの顔を見たボリスが、どこかためらいがちに指を伸ばしてくる。

自分でも気がつかないまま、声もなく、涙が頬をすべり落ちていた。

大きな温かい手に頬を撫でられ、ようやくそれに気づく。

「ジル……」

かすれた声でもう一度名前が呼ばれ、軽く背中を引きよせられて――ジルはそのまま男の腕の中に収まった。

温かく、優しく、安心できる場所――。

この男の腕の中が、他のどこよりも。

その腕に身体を預けたまま、ジルはそっとため息をついた。

本当にひどい男だ…、と思う。

その気もないのに、こんなに優しくするのは。

3

当主を失ったアルミラル侯爵家では、とりあえずエドアルドの指示で遺体が寝室へと運ばれた。

そして枕元においてあった小箱には、何人もの…、微妙に色の違う髪の毛の束がそれぞれ紙に包まれて収められており、装飾的な短剣がその箱の蓋(ふた)の内側

にはめこまれていた。

切っ先の鋭い、おそらくは何人もの命を奪った剣だ。

「まさかこんなことが……、信じられない」

自分が直接されたことよりも、この目の前に見せつけられた証拠に、エドアルドは愕然としていた。

とりあえずあとの処理をキリアンに任せ、他の者たちはアベルの別荘からエドアルドの館へともどってきた。

さすがに姉やソフィアをいつまでもあの場所に置いておきたくはなかったし、場所を変えて落ち着いて話したかったのだろう。

夜も更けきっていたが、居間に集まってお茶で気持ちを落ち着かせる。

姉はひと月ほどの監禁生活だったが、食事や水は与えられていたようだった。


やはり、カラブリアでアベルとジョルディが話していたところを見かけた姉が、とりあえず本当にジョルディなのかを確かめようと、一人でこの別荘を訪れた時に捕らえられたのだ。

それは、ジョルディのことを嗅ぎまわられることを恐れたせいなのか、あるいはエドアルドに対する嫌がらせだったのか——両方だったのか。

やはりエドアルドが誰よりも混乱し、衝撃を受けているようだった。

無理もなかった。事件の背景も何も知らない状態で、しかも仲良くつきあっていたはずの従兄弟に、あれほど憎まれていると知ったのだ。

「本当にアベルが……『血の枢機卿』だったんですね……」

それでも寝室で見つけた確かな証拠に、それを受け入れざるを得なかったようだ。

そしてさらに混乱させたのが――ジルの存在だろう。

「君は……ジュリアなのか？」

ふだんの男の姿にもどったジルに、エドアルドが疑わしげに尋ねてくる。

「ええ。申し訳ありません。……その、ボリス様に頼まれまして、フリーダを捜すためにこのような形で」

ジルは軽く頭を下げる。

姉との関係を説明せずに、なんとか理由をつけるつもりだった。

――が。

「ジル。いいのよ。もう全部……話しておきましょう」

ちょうどソフィアを寝かせて居間へもどってきた姉が、静かに言った。

「フリーダ……？」

エドアルドが怪訝そうに妻を見上げる。

「そうだね。話してもいいんじゃないかな？　もう…、君たちの父親の汚名はそそがれたわけだから」

ジルの横の一人掛けのソファに腰を下ろしていたボリスも、穏やかにうなずく。

「しかし――」

ためらったジルにかまわず、姉がソファにすわっていた夫の横に腰を下ろすと、両手でその手を握りしめた。

「ジルは私の実の弟なのよ、エドアルド。私たちの父は、二十年前に『血の枢機卿』として捕らえられ、獄中死した男なの」

淡々と告白した姉に、エドアルドが大きく目を見開いて妻と、そしてジルとを見つめた。

「しかし、それは……つまり、君たちの父は無実だったわけだね？」

　ようやくつぶやくように言って、エドアルドが何度かうなずく。

　そしてふっと顔を上げると、ジルを見て小さく微笑んだ。

「どうりで、フリーダと似ていると思ったよ」

　ジルは軽く頭を下げる。

　そんな様子を見ながら、よかった…、とホッとする。

　この男は本当に姉を愛してくれているようだった。

　エドアルドが憔悴した顔を上げて、ようやく気がついたように重い腕を伸ばしてお茶のカップを手にとる。半分ほど飲んでから、思い切ったようにボリスに向き直った。

「お義父さん…。アベルの件ですが……どのようにしたらいいんでしょうか？」

　本当に、どうしたらいいのかわからないのだろう。

「そうだね…」

　ボリスが小さくうなずいた。

　さっき——アベルの前では「カラブリアに報告した」と言っていたが。

　ウルラ・オクルス——。

　ふいにその言葉が頭に浮かぶ。

　非公式の、諮問機関のようなものだろうな…、とジルにも見当はついていた。

　カラブリアの身分の高い人間の。軍か、近衛隊か、宮内府か。……あるいは国王自身か。

　はっきりとしたことは、ボリスが説明してくれるのを待たなければならないが。

「公にすれば、もちろん醜聞だ。これだけの事件だからね。アルミラル侯爵家は断絶になるだろう」

　ジルは無意識にボリスの横顔を眺めた。

そしてこの事件が公になれば、庶民たちの貴族への信頼や敬意は一気に落ちる。ヘタをすれば、暴動を誘発しかねない。

アベルの死は病死か事故死として届け、血族の誰かにアルミラル侯爵家を継がせる――、というのが基本のラインだ。

「しかしそれでは…、フリーダの父親の汚名はそそがれないままになるでしょう。冷酷な殺人鬼として語られ続けるのはあまりに……」

エドアルドが両手を握りしめ、苦々しい声でうめく。

思っていた以上に生真面目な…、まっすぐな男のようだ。

少し、うれしくなる。

そっとジルがボリスの顔を盗み見ると――ボリスは微笑んでいた。

ジルの視線に気づいたようで、ふっと目が合う。

エドアルドに、というより、ジルに向かって、ボリスは口を開いた。

「今回の件については、公表してもかまわないと許可をいただいている。すべてを公表すれば、二十年前の過ちも正され、関わっていた者たちを処罰することもできるだろう」

そうだ。父の証言を偽証したジョルディや、それをそそのかしたミランを。

「ただ、公表することはオルボーン家の家名に大きな傷をつける。エドアルド、一族である以上、君も無傷ではすまないよ」

淡々としたその言葉に、ジルはハッと息を呑んだ。

ようやくそれに気づいたのだ。

そう…、姉は今、そのオルボーン家の人間なのだ。

また……殺人鬼の一族として、好奇と嫌悪の眼差しを受けることになる。

「もちろん君に罪はないが…、社交上の大きなマイナスになることは間違いないだろう」

「それは…、仕方がないことです。それが事実なのですから」

　エドアルドが頭を垂れた。

「気づかなかった…、アベルを止められなかった私にも責任はあるのでしょう」

「君たち次第だよ」

　まっすぐにジルを見つめて、静かにボリスが言った――。


　公表するかしないかは、ジルよりも、フリーダにとってさらに難しい問題だった。

　夫の立場。そして何より、子供たちへの影響があるのだ。

　ジルは姉の望む形でいい、と思った。

　父の無実が証明できればうれしいが、それで父がもどってくるわけではない。生きているフリーダや子供たちが幸せな方がよかった。

　少し考えたい、という姉を残して、ジルはボリスとともにエイメの館に帰ってきた。

　相当に夜も遅く、さすがにこの時間、エイメもベッドに入っているようだ。

　ジルが男の――本来の格好で姉の館にいるとさらに混乱を招きそうなのでこちらに来たのだが、……もちろん、ボリスと話すためでもある。

「ああ…、きちんと礼を言っておかないとね。今日は助かったよ」

　ほとんどの使用人も寝静まった時間で、いつになくガランした空気の玄関ホールへ入ったところで、思い出したようにボリスが言った。

「いえ…」

ジルはつぶやくように口にしてから、ちょっと意地の悪い目でボリスを見上げる。

「ボリス様の尻拭いをするのは、いつも私の役目ですから」

「そうだったね…」

ボリスが苦笑する。

「私を育ててよかったでしょう？」

「そのようだ」

なんでもない、慣れた掛け合い。馴染んだ軽口。

しかしじっと、何かを探るみたいにおたがいの目をのぞきこむ。

と、寝ずにボリスの帰りを待っていたらしい執事が、丁重に頭を下げて声をかけてきた。

「申し訳ありません、ジルさん。すぐに部屋を用意させますので、少々お待ちいただけますか？」

ボリスの方はここしばらくずっとこの館に滞在していたので問題はないが、ジルは突然の客になる。

荷物もすべて姉の館に置きっぱなしだったし――あったとしてもあの中身では今の自分には使えないわけだが――身のまわりのすべてのものを用意してもらわなければならない。

もっともそのくらいの準備が、すぐに整わない家ではなかった。ふだんから海賊たちの「客」も出入りしているのだ。

「お手数をかけます」

ジルも丁寧に礼を言う。

「フリーダも無事で、ようやく安心できたからね。ゆっくり休みなさい」

「……ええ。おやすみなさい」

穏やかな大人の会話。

眼差しだけで、駆け引きと、挑発と、意地とがせめぎ合う。

ボリスがゆっくりと階段を上がり、自分の部屋へと入っていった。

そのあとまもなく、ジルも侍女に案内されて客間の一つに入る。

こんな時間だったが用意してくれた風呂を使い、やはり準備されていた寝衣に着替える。

寝るまでに乾きそうになかったので、髪は洗わなかった。

いったん部屋にもどって、しばらく中をぐるぐると歩いてから――結局、ジルは腰を上げた。

燭台を手に部屋を出て、ボリスの部屋へと入っていく。

書斎の方はすでに明かりが落とされており、しかしそっと寝室の扉を開くと――やはり起きていたようだ。

枕をクッション代わりにベッドに半身を起こした状態で、どうやら手紙を書いていたらしい。

ジルの気配に気づいて、小さく微笑んだ。

「また来たの？」

ちらっと意地悪く笑われて、ジルはムカッとする。

……確かに、子供の頃からよく、ジルはこの男のベッドに潜りこみに来ていたけれど。

待っていた……のだろう。

きっとジルが来ることを疑っていなかったはずだ。

それでもジルは気がつかないふりで、そっと息を吸いこんだ。

「少しよろしいですか？」

いかにも話があるのだ、という口調で、ことさら丁寧にうかがう。

「かまわないよ」

ゆったりとうなずいてボリスは手を止めると、書いていた便箋を閉じ、机代わりにしていたらしい書類ケースに収める。それを無造作に、サイドテーブルに投げた。

ジルは持っていた燭台を扉の近くのチェストにのせると、ゆっくりとボリスに近づいた。

ベッドの手前でちらっと横目にすると、……いつか見た覚えのある書類ケースだ。例の「ＵＯ」の紋章が入った。

ボリスとしても、すでにことさら隠そうという気がないのだろう。

……全容を話してくれるまで、あとどのくらい時間が必要なのかわからなかったが。

ジルはそっと、ベッドの端に腰を下ろした。

話があるのは本当だった。いろいろと、だ。


「アベルのこと、本当に公表してもかまわないのですか？」

何から…、と思いながらも、結局、その問いが口から出ていた。

「ああ…、かまわない」

「意外でしたよ」

静かに答えたボリスに、ジルはちょっと息を吐く。

「許可をもらっているとおっしゃってましたが？」

「掛け合ってみたからね」

「どなたにです？」

その問いに、ボリスは微笑んだだけで答えなかった。ジルは質問を変える。

「そんなに簡単に許されたのですか？」

「そうだな…、脅しに近かったかもしれないね」

「脅し？」

苦笑したボリスに、思わず聞き返した。

「公表が許されなければ、私は今後一切、ウルラ・オクルスから手を引くと」

ウルラ・オクルス――。

「人前では口にしてはいけない言葉だよ」

じっとジルを見て、ボリスが軽く釘(くぎ)を刺す。

「あなたは…、その、貴族たちを守るために動いているものと思っていました」

ジルは素直に疑問を口にした。

「厳密に言えば、貴族ではなく体制を、だがね…。ただ、二十年前と同じ後悔はしたくない」

淡々としたその言葉に、ふいに胸がつまった。

「ありがとうございます」

「……いや。ただの自己満足だよ」

頭を下げたジルに、ボリスが小さく首をふる。

「君たちを引き取ったこともね。二十年前の自分の失敗をとりもどそうとしているだけだ。それで君の二十年間が取りもどせるわけでもないのにね」

――二十年。

確かに…、言葉にならないくらいつらい時はあった。

だがその二十年を、なかったこととしてもう一度やり直したいと思うわけではなかった。

この人の側にいられた年月は、ジルにとってはなによりも大切な思い出なのだ。

「二十年前…、あなたがあの事件に関わっていてくださってよかったと思います。そうでなければ…、私たちは引き取ってもらえませんでしたからね。あの橋の下で野垂れ死んでいたでしょう」

ジルは唇だけでそっと笑った。

「そう思ってくれるとうれしいが」

ボリスが長い息を吐いた。そして指を伸ばして、その甲で優しくジルのこめかみのあたりを撫でる。

ジルはそんな男をまっすぐに見つめて言った。

「……わかってますか？　あなたがダメなのは、きちんと区別をつけないことなんですよ」

うん？　と意味を取り損ねたように、ボリスがわずかに首をかしげる。

「もう十歳の子供じゃないんですから。私を抱く気がないのなら、思わせぶりなことを言ったり、気軽に触ったりしないでくれますか」

ぴしゃりと言ったジルに、ボリスはちょっと驚いたように目を見開いた。

そして困ったように視線をそらせる。

「区別が…、ついていなかったかな……」

「ぜんぜんダメですね」

「そうか……」

そんな男の様子に、ジルは小さく唇を噛んだ。

――やはり……子供のようにしか見られていなかったということかもしれない。

あきらめと淋しさが胸に押しよせてくる。

「フリーダには…、きちんとついていたようだったけどね」

やがてポツリと言ったボリスの言葉に、ジルはちょっと眉をよせる。

「姉が気づいていなかったということですか？　その…、ボリス様はずっと姉を思ってくださっていたのでは……」

「まわりにはずいぶん勘ぐられたが、フリーダ自身がそんなふうに受けとっていたことは一度もなかったよ。私もずっと、フリーダは娘…、というか、妹のような気持ちだったからね」

「そうなんですか……」

ジルはとまどったまま、小さくつぶやいた。

「だが君には…、自分の中でそういう区別ができな

「……わかってますか？　私の一番可愛い盛りをあなたが独り占めしたんですよ？」

　理不尽になじるような、そんな言い草に、ボリスが低く笑った。

「そうだね…。自己満足どころじゃなかったな」

「もう、ダメなんですか？」

　知らず、そんな言葉がすべり落ちていた。

うん？　とボリスが視線を上げる。

「もう可愛くありませんか？」

「いや？　今でも可愛いと思うよ」

　優しい眼差しが全身を包みこむ。

　しかしジルにとっては、それがどこかまどろっこしく、もどかしい。

「可愛いだけですか？」

　思わずつめよるようにして尋ねた。

「ジル……」

かったんだろうね」

　苦笑して続けられた意味が、一瞬、ジルにはわからなかった。

「……え？」

　少し遅れて、ようやく頭の中に入ってくる。

　ハッとボリスの顔を見た。

「いつからそんな区別をつけられたのかもわからないよ。君はずっと…、私の中では可愛いままだったから」

　いつもの穏やかな表情で、少しとぼけた調子で。

　さらりと言われた言葉に、次の瞬間、カッ…、と頬が熱くなるのがわかる。

　——それは……そういう意味だと、思っていいのだろうか？

　ふいに心臓が大きく音を立てる。

　ジルはぎゅっと無意識に、シーツを握りしめた。

男がそっとため息をつく。

指を持ち上げて、指先だけで優しくジルの頬を撫でる。

「あなたにとって…、私はやっぱり可愛いだけの子供ですか？　この年になっても？」

「何を言わせたいの？」

静かに聞かれ——一瞬、怒りにも似た感情が突き上げる。

「わかってるでしょうっ！」

たまらず声を上げていた。悔しくて、涙がにじみそうだった。

そんなジルをボリスが静かに見つめてくる。

そして無慈悲に言った。

「私からは言わないと決めているんだ」

「どうして…っ？」

思わず、ボリスにつかみかかるようにして問いただしてしまう。

「私が欲しがると、君は拒否できないだろう？」

「なんで…、そんなこと……」

静かに言われ、ジルはあえぐように口にした。

育ててもらった恩があるから——、ということだろうか？

「そんなこと……」

もちろん感謝はしていた。父のことが、本当はボリスに何の責任もないことはわかっていた。

「……というのは、表向きの理由かな」

ボリスがどこかごまかすようにちらっと笑った。

「この年で若い子の尻を追いかけまわすのは恥ずかしいからね。でも君が望んだのなら、君のせいにできるだろう？　君が…、私を欲しがったのだと」

「ずるいんですね…」

ずるくて、優しい。

「そうだよ。その分、年をとっているからね」

すかした調子でボリスが言った。

「君が私を望んでくれるのなら、とてもうれしいのだが？」

――望んで、いいのだろうか……？

ジルは迷うようにわずかに視線をさまよわせる。

「君が望めばいい。そして別れたくなった時も、君の好きにしていいから。いつでも君は……自由だからね」

あっさりと言われて――なぜか怒りにも似た思いが身体の奥から突き上げてくる。

そんなに――自由にしてくれなくてもいいのに。

もっと縛りつけてくれてもいいのに。

そんな、大人の余裕なんか――いらない。

「私は海賊ですよ？　あなたに飽きたら、もうここにはもどってこないだけです…！」

たたきつけるように言いながら、ジルは膝でベッドへ上がり、男の足にまたがるようにすわりこんだ。

すぐ目の前に男の顔を見つめて。

「厳しいな…」

ボリスが苦笑した。

「いっぱい…、可愛がってください」

「早く飽きられそうだ」

「もの足りない方が問題ですね。他の港で…、相手を買わないといけなくなる」

「それはまずいね…」

いかにも挑発的な言葉に、ボリスがわざとらしく眉をよせてみせる。

ジルはそっと手を伸ばし、こみ上げてくる恥ずかしさをこらえて、一つずつ、男の服のボタンを外していった。

薄闇の中、前をはだけさせ、おそるおそる手のひらを男の肌に押しあてる。

体温と肌の感触に、一瞬、ビクッと手を引きそうになった。

しかしそのジルの手に、ボリスが自分の手を重ねてきた。

押しつけるようにして、自分の身体に触れさせる。

カッ…、と頬が熱くなる気がした。

温かく、張りのある肌が、手のひらに吸いつくようだ。

ジルはようやく顔を上げて、かすれた声で言った。

「あなたが……欲しいんです」

「うん」

人に言わせておいて、憎たらしく男が微笑む。

ジルは手のひらを男の胸にすべらせ、そのまま肩に両手をまわすようにして、その胸にすがりつく。

「あなたを……ください……。全部……っ」

ぐっ…と強い腕で背中が引きよせられた。指先がうなじから潜りこみ、髪をかき混ぜるようにする。

「いいよ。全部…、君のものだ」

耳元で熱くかすれた声が落ちた。

「君だけのものだから。君の好きにしていいよ」

「あ……」

その言葉が胸に沁みこんでくる。

騙し討ちみたいな、ずるい、男の言葉が。

ジルは顔を伏せたまま、唇を男の首筋に押しあてる。喉元まですべらせるように唇を這(は)わせ、顎の短い髭に触れて……少しくすぐったいような感触にちょっと笑いそうになる。そして、泣きそうにも。

男の指先が優しくうなじのあたりを撫で、その指で操るみたいにジルの顔を上げさせる。

吐息が触れるほど近い。

して――くれない男を上目遣いににらみ、どうしようもなくジルは男の唇に自分のを触れ合わせた。

乾いた熱が重なり、やわらかく濡れた感触がそっと唇の表面を撫でていく。

たまらず追いかけるようにジルは舌を伸ばし、ねだるみたいにして男の唇をなめてしまう。

けれど、それが限界で。

「ネコみたいだな…」

ボリスがそっと笑った。

悔しくて、無意識に固めた拳で男の肩を殴る。

「望むことを……言ってごらん？」

ネコにするみたいに指で喉元をくすぐりながら、ボリスが優しく——意地悪くうながした。

「何でもしてあげるから」

ジルは目を伏せたまま、震えるような声を絞り出す。

「キス……を」

この男だけだ。

他の人間になら、こんなに恥ずかしくはない。軽口にも、誘うようにも言うことは簡単なのに。

「いいよ」

吐息で答えると同時に、唇が再び重ねられた。

隙間を探るように舌先が動き、熱い舌が中へと入りこんでくる。

反射的に身を引いたが、顎がつかまれ、抵抗もできないまま、ジルの舌が絡めとられる。

根本から圧倒的な力で味わわれ、貪られた。

「ん…っ…、ふ……」

息が上がりそうで、とっさにジルは男の肩にしがみつく。

今まで、何度もボリスとキスをしたことはあった。してもらったこともあった。

——子供にするような、優しいキスを。

しかしこのキスは覚えがない。

両手で顎を押さえこまれたまま、角度を変え、深さを変えて、何度も奪われる。

いつの間にかジルも夢中で応えていて。

そっと顔が離された時にはもの足りなく思うくらいに。

「……それから？」

おたがいの荒い息遣いの合間に、耳元で熱く、かすれた声がうながす。

「え……？」

しかしジルはぼうっとしていて、言われている意味がよくわからなかった。

「言いなさい」

続けて言われて、ようやくわかる。

望むことを、して欲しいことを口にしろ、と。

カッ…、と頬が熱くなる。


――命令じゃないか……。

納得できない、悔しい思いがわだかまるが、……しかしどうしようもなかった。

「抱いて……ください」

目元を赤くしたまま、ようやくジルが言った瞬間、いきなり身体が反転した。

背中からシーツに押さえこまれ、両手が手首で縫い止められる。

憎たらしい男の顔が、上からのぞきこんでくる。

「そんなふうに誘われたら…、断れないな」

にやりと笑ってぬけぬけと言った男を、ジルはきつい目でにらみつけた。

「ダメだよ。君の目は可愛い茶色のままだ」

楽しげにボリスが笑って、軽くまぶたにキスを落とす。

え？　と一瞬思ったが、……そうだ。ジルの目は、本当に怒っている時は紫色に変化するのだと言われる。自分では気がつかないのだが。

……つまり、本気で怒っているわけではない、とバレているわけで。

とっさに顔を背けてしまったジルにかまわず、ボリスはジルの胸元からボタンを外していった。

「あ……っ」

手のひらで肌がたどられ、思わずうわずった声が飛び出す。

ゆっくりと脇腹のあたりをなぞった手が上に向かって撫で上げ、指先が小さな芽を見つけ出した。

「ん…っ、……ふ……ぁ…っ、——あぁ……っ」

一瞬、息をつめたジルだったが、指先で転がすようになぶられ、押し潰されて、たまらず危うい声がこぼれ落ちる。それだけで恥ずかしく、上半身をくねらせてしまう。

そんなジルの様子を余すところなくじっと見下ろしてくる視線に、体中があぶられるようだった。

額が手のひらで撫でられ、男の身体がそっと重なってくる。

「んん…っ…」

唇が奪われた。舌がきつく絡められ、たっぷりと味わわれる。

「こんなキスができるようになるとはね……」

濡れた音を立てて唇を離したあと、ボリスがそっと笑った。

やはり、小さい頃を思い出しているのだろう。

「いいですから…っ！　もう……っ」

早くっ、と言葉にしないままに、ジルは急かしてしまった。無性に恥ずかしかった。

「ご命令のままに」

意地悪く気取った調子で言うと、ボリスは唇でジルの喉元から胸をついばむようにして愛撫した。

その間も大きな手のひらが、繊細な指が、くまなく確かめるようにジルの身体の線をたどっていく。

下穿きの中に入りこんだ手が無遠慮に足を撫で、内腿を撫で上げて、ジルは無意識に身体をよじる。

「ひ…ぁっ…、あぁぁ……っ」

しかしいきなり乳首がきつく摘み上げられて、下肢へ集中していた意識が散らされる。

「ここが好きなんだね？」

爪の先で乳首を弾かれながら聞かれ、ジルはどうしようもなく首をふった。

「そうは見えないけどね…」

しかしくすくすと笑われて、真っ赤になってしまう。

すでに硬く芯を立てていた乳首はさんざん男の指に遊ばれたあと、唇についばまれ、舌でなめ上げられて……仕上げのように髭がこすりつけられる。

「ふ…、あ…っ…ん…っ、ん…っ、あぁぁ……っ」

疼くようなもどかしい感覚が肌に沁みこみ、ジルはどうしようもなく身悶えた。

それだけでもうぐったりとして、身体に力が入らない。

こんなふうに……この人は今まで女とか、男とか――扱ってきたのだろうか……？

そう思うと、無性に腹立たしい。

もちろん年が違うのだ。経験が違うわけで、仕方がない、とわかっていたが。

ちょっと息をついて男が身を起こし、内にこもる熱を持て余して力なくシーツに横たわるジルの腰から、たやすく下穿きを脱がせていく。

あっ、と気づいた時には、すでに無防備な両足が男の手で押さえこまれていた。

容赦なく両膝が開かれ、とっさにジルは片手で中心を隠そうとする。

「どうしたの？　そこは可愛がってほしくないということかな？」

「最低ですよ…っ」

とぼけたように言われ、ジルは顔を火照らせたまま唇を噛む。

「困ったな…。君の望む通りにしたいだけだけどね？」

ボリスが目を瞬かせ、そしてにやりと笑った。

「そう…、指の上から可愛がってほしいんだね」

「な……」

言うが早いか、グッと無造作にジルの膝を広げたボリスがその間に顔を伏せた。

「あぁ……っ」

言葉通り、やわらかな舌が必死に中心を隠しているジルの指をなめ上げていく。一本一本、その隙間もことさら丹念に。

その感触と、時折、かすめるように中心に舌先が触れてくるのがたまらなかった。

どうしようもなく、ジルはじりじりと指を離してしまう。

すると、すでに恥ずかしく頭をもたげたモノが、男の舌先にねだるみたいに突き出されていた。

「可愛いね…」

ボリスが指先でそれをかすめるように愛撫しながら、満足そうに笑う。

「きれいな形だ。まあ、何度も見ているから知ってるけどね」

「そんな…っ」

それはほんの小さい頃の話だ。

男の指が丁寧に優しくジルのモノをこすり上げ、

蜜を滴らせる先端を指の腹でもむようにして刺激する。根本の双球を口に含み、たっぷりと唾液を絡ませるようにしてなめ上げていく。

そして手の中に収めるようにして巧みにしごきながら、舌先はさらに奥へと探っていった。

恥ずかしく腰が浮かされ、指先で隠された部分がさらけ出されて、舌の餌食になる。

「……ふ…ぁ…っ、あぁっ…、あぁぁ……っ」

ジルもこの年まで普通に経験はあるはずだったが、シーツに爪を立てたまま淫らに腰を揺すり、なすすべもなく男の愛戯に溺れていく。

ひどく感じる細い溝が何度も舌でたどられ、指でこすり上げられたあと、ようやくその予感にうごめく最奥に指で触れられた。

「ふぅん…、ここはずいぶん貞淑に見えるね」

まだ硬く窄まった襞をいじるようにして言われ、ジルはもうどうしようもなく両腕で自分の顔を覆ってしまう。

「確かめてみようか」

憎たらしくつぶやいた次の瞬間、そこに濡れた舌の感触を覚えて、ジルは大きく腰を跳ね上げた。

しかし圧倒的な力で押さえこまれ、襞の一つ一つを味わうようにして愛撫され、唾液で濡らされていく。

時折硬い指が確かめるように表面をかき混ぜ、淫らな襞がいっせいに絡みついていこうとするのがはっきりとわかる。

「ああ…、ここも可愛いね」

独り言のように言ってから、指がゆっくりと中へ差しこまれた。

その硬さも、大きさも、関節までも、自分の身体で感じてしまう。

馴染ませるように何度も抜き差しされ、中をかきまわされて、ジルは恥ずかしく腰を振り乱した。片方の指で後ろをなぶりながら、もう片方がほったらかしにされていた前を愛撫してくれる。さらに口に含んで、中でこすり上げる。

「あぁっ…、ダメ…っ、ダメ……っ、出る……！」

身体のあちこちから一気に何かが溢れ出しそうで、ジルは無意識に口走ってしまった。

我慢できない先走りが、つっ…、と自分の腹に滴る。

「いいよ。出しなさい」

いったん口から離して、男は後ろを乱す指を二本に増やした。そして再び、濡れそぼって震えているジルの中心を口で愛撫する。

舌で、口でうながされ、淫らに腰を振りながら、ジルは男の口の中に放った。こらえきれず、出してしまった。

ようやく男が口を離し、口で受けたものを飲み下した。濡れた唇を指で拭い、ショックで放心状態のジルの頬を優しく撫でる。

「気持ちよかったかい？」

まともに聞かれて、答えられないまま、ジルはたまらず視線をそらせた。

吐息で笑って、男が再びジルの腰を膝に抱え上げた。

あっ、と思った時には、やわらかく溶けた後ろが指でいじられ、出したばかりの先端が唇についばまれた。

「あっ…あっ……」

剝き出しのままの場所に焦らすような刺激がくり返し与えられ、あっという間にジルの中心は再び形を変えてしまう。

しかし今度は前よりも後ろが、執拗に刺激された。硬い指で激しくこすられたあと、やわらかな舌でなめ上げられると、たまらない疼きに身体がおかしくなりそうだった。

「あ……、もう……」

ジルはねだるみたいに足をこすりあわせる。

「ほら…、いい子だ」

と、男の腕がジルの身体を抱き上げ、うつ伏せにひっくり返した。

あっ、と思った時には、ジルは無意識に腰を浮かせるようにして、枕に顔を埋めていた。

かすかな衣擦れがして、ボリスが自分の服を脱ぎ捨てているのがわかる。

その気配だけでドキドキする。

そして寝衣が背中から優しく脱がされ、解けた髪が背中に大きく広がった。

それをかき分けるように男の指が背中をたどり、身体を重ねるようにして唇が落ちてくる。前にまわった指が胸を撫で、小さな芽を弾いていく。

「あっ…、――ふ……あぁ……っ」

身体をしならせるようにして、ジルは必死に爆発しそうな身体をこらえた。

と、熱く硬いモノが足の間に――溶けきって淫らにうごめく襞に押しあてられる。

「あ……」

それが何かわからないほど、初でもない。

ジルは思わず肩越しにふり返った。涙目で、請うように男を見る。

ボリスが吐息でそっと笑った。

「言っただろう？　全部、君のものだよ。……君が望めばね」

抵抗する気力はすでになかった。

「欲しい……」

かすれた声でねだった次の瞬間、熱い塊に身体の奥が貫かれた。

自分がどんな声を上げたのかもわからない。

男の重みを全身に受け、男の熱を身体の中に感じて、ジルはうながされるまま、何度も絶頂を極めていた――。


厚いカーテンの向こうで、いつの間にか、窓の外は白み始めていた。

いくら求めても、いくら与えられても足りないような思いで、ジルは男の腕の中で気だるい身体をしならせる。

「きれいな身体だね…」

背中からすっぽりとジルを抱きかかえたまま、ため息をつくようにボリスが言った。

肩に、首筋に、少し髭の感触がくすぐったいキスが落ちる。

「海に出るようになって、染みが増えましたよ」

目を閉じたまま、心地よい温もりに埋もれて、ジルはくすくすと笑った。

「じゃあ…、君が帰って来るたびに、新しい染みを探してみるのも楽しいかもしれないね」

「悪趣味ですよ」

ジルは冷たく返したが――内心では、じわり…、とにじむようにうれしい。

帰ってきてもいいのだ――、と。

この男の腕の中に。

「いつから…、私が欲しかった？」

手のひらで優しく頬を撫でながら、男が背中から

尋ねてくる。

「わかりませんよ、そんなこと」

恥ずかしさも手伝って、いささか素っ気なくジルは答えた。

「あなたはどうなんです？」

そして何気ない調子で聞き返す。

「うーん…、なんて答えるのが正解なんだろうか？　あんまり君が小さい頃からだと問題だろうしね」

相変わらず、かわすのはうまい。

「でも、大事にしてきた可愛い子に虫がついた時は、ちょっとムッとしたけどね。まあ、大人だから、仕方なく我慢していたが」

「虫？」

ジルは首をかしげる。

「キリアンとつきあっていただろう？」

さらりと言われて、あっ、と短い声を上げてしまった。

「知っていたんですか……」

「知っていたとも」

少しばかり自慢げに、そしておもしろくなさそうに、ボリスがうなる。

「昔のことですよ。それにあれは……ガキ同士で欲求を発散させていたに過ぎません」

言い訳……ではないが、ジルはあわてて言った。

「……今度顔を見せた時は、いびり倒してやろうかな」

「ボリス様…っ！」

不穏なつぶやきに、ジルはとっさに向き直って男の背中に腕をまわす。

「やめてくださいね、いい年して大人げない真似は」

でも妬いてもらえるのは、少しうれしい。

「キリアンだって大切な部下でしょう？」

「まぁねぇ…」

「少しは仕事もなさった方がいいですよ。あなたは放っておけば、どこまでも自堕落で怠け者になりますからね」

「信用がないね…」

容赦なく指摘したジルに、ボリスがやれやれ…、というようなため息をつく。

「まあ…、ぼちぼちと仕事をしながら、私の可愛い海賊が今度ベッドにもぐりこんで来てくれるのを待つことにするよ」

どこかとぼけたそんな言葉に、ジルは男を上目遣いににらむ。

そんなふうに言われると、本当に十歳の時から自分が変わっていないみたいで。

ちょっと恥ずかしくなる。

「時々…、あなたがちゃんと仕事をしているか、見張りにきますよ」

悔しまぎれにそんな言葉を押し出す。

それにボリスが静かに微笑んだ。

指先がくり返し、ジルの髪を撫でる。

変わらない、穏やかな声。

「いつでも…、君が望む時に帰っておいで」

世界中で一番、温かく、優しく、安心できる場所に――。

アベル・オルボーンの事件は、結局ひと月後、カラブリア国内に向けて公表された。

フリーダは公表することを選んだのだ。

事実を受け入れて、そこからまた進んでいくのだと。

二十年前の罪で、新たに二人の男が拘束され、アルミラル侯爵家は断絶し、領地は没収となった。

そして、無実の罪で死んだ父親の私財が返還される旨(むね)が告知され、遺族は名乗り出るようにと呼び掛けられたが、ジルもフリーダも、それに応じることはなかった。

すでに必要がないものだったのだ。

必要なものは、すでに自分の手でつかんでいたのだから。

end.

レクチャー

偽装した商船でカラブリアの主要港コンフィから脱出した海賊たちは、マラガというもう少し小さな港で「ブードゥーズ」に乗り換えた。旗艦（ベル・エイメ）ではないが、アヤースの指揮するフリゲート艦である。

さすがに海賊船で主要港まで乗りこむことはできず——それが因縁深いカラブリアならばなおさらだ——仕方なく襲撃して奪った商船で乗りつけたわけだが、商船なだけに積んである武器類は少なかった。

ふだんの艦（ふね）からすれば、質、量ともに海賊たちにとってはかなり心許ない。それだけに、ブードゥーズに移れた時には、ホッとしたものだった。

アヤースにとっては自分の艦である。

馴染（なじ）んだ場所でようやく落ち着いた気分になったが、他の海賊たちも同様のようだった。とりあえずこの艦でスーサまで行けば、旗艦が待っている。

「……あれ？　ジルはいなかったんだっけ？」

乗りこんできたプレヴェーサの若き統領、レティがきょろきょろとしながら首をかしげた。

ジル・フォーチュンはアヤースの副官だが、アヤースがこの艦を空ける時はたいてい留守を守っているのだ。——が。

「ジルは里帰り中だ。急な出航だったから連絡がつかなくてな」

海賊たちが手早く荷物を移しているのを指示してから、アヤースが過不足なく答える。

「あー…、そういや、言ってたな、そんなこと」

思い出したようにレティがうなずく。そしてにやっと笑った。

「けど、めずらしいな。ジルがおいてけぼりを食らうなんてさ」

「どうせいったんサヌアによるんなら、拾っていけるだろう」

「ジルはボリス様のところに行ってるんですか？」

と、涼やかな声がふわりと割って入る。

カナーレだ。ちょうど乗りこんで来たところで、二人の会話が耳に入ったらしい。

くすんだ緑灰色の髪と、蒼い瞳を持つ優美な姿はとても海賊とは思えないが、——剣を持たせればこれほど恐ろしい男はいない。その蒼い目は何も見えていないにもかかわらず、だ。

そしてベッドの上では、これだけ美しく——淫らな男はいない。

カナーレがふだん乗りこんでいるのは旗艦のベル・エイメだが、こちらにもよく乗っているので、だいたいの感覚はつかんでいるのだろう。見えなくても危なげなく、足を運んでいる。

声を拾って、まっすぐにこちらに近づいてきた。

「どうした？」

カナーレが他人を気にするのはめずらしく、アヤースはちょっと首をかしげる。

「いえ…。ただ、ジルはサヌアまで来てもあまりボリス様のところに帰っていないようでしたから。ちょっと気になっていたんですが…、よかったなと思って」

ふわりと微笑む。

なるほど、カナーレは今、対外的には「カナーレ・デラクア」と名乗っている。養子というわけではなかったが、ボリスの姓を名乗ることを許されているのだ。ジルはもともとボリスのもとにいた男だから、二人の間がうまくいっていないのなら、気になるところだったのだろう。

「そうだっけ？」

と、こちらは脳天気にレティが首をひねる。

「ああ…、そうだ。頼まれていたものは手に入れてきた」

無造作に伝えたアヤースに、カナーレがわずかに目を瞬く。そして口元に小さな笑みを浮かべて、さらりと言った。

「本当ですか？　さほど期待はしていなかったんですが」

それにふん、とアヤースは鼻を鳴らした。

「ずいぶんとなめられていたようだな？」

「海賊に陸での仕事を頼んでも、と思っていたのですよ」

「なんだよ、頼まれてたものって？」

レティが仲間はずれにされて不服そうに口を挟む。

「カラブリア陸軍の国境付近の配置展開図と、現カラブリア海軍の内部資料だ。若がカラブリアの宮中でバタバタしている間、ただ待っているのも暇だったしな」

これを手に入れるにはそこそこの苦労があったわけだが、……まあ、それは別の話である。

あー…、とレティがうなる。ちろっと白い目でアヤースを見上げた。

「マジで盗んできたのかよ…。プレヴェーサの品位を落とすような仕事はするなよ？」

「こそ泥みたいな言い方をするな。……ああ、ハロルドに渡しておく」

「ありがとうございます。しばらくは楽しめそうですね」

本当にうれしそうで機嫌のよくなったカナーレに、アヤースとレティは思わず顔を見合わせてしまった。

……何が楽しいんだ、こんなもん……？

という、戦闘型の二人にはある種、共通の認識である。カナーレはもちろん、プレヴェーサの統領付き作戦参謀である以上、いろいろな情報を入れておくに越したことはないのだろうが。

しかしこれだけ喜んでもらえるのであれば、今夜は期待させてもらっていいはずだ。

「——あ。そうだ」

と、ふいに思い出したようにレティが声を上げた。

そしてどこかそわそわとする感じで、妙に視線が落ち着かないまま口を開く。

「アヤースに話があったんだよな…。ちょっと、顔、貸してくれないか？」

レティからこんなに折り入って何かを言われるようなことは、めったにない。

「ここではまずいことなのか？」

腕を組んだアヤースは、ちらっと横のカナーレを見て、怪訝に首をかしげた。

そもそもカナーレはレティ付きの作戦参謀なのだ。戦略上のことであれ、プレヴェーサという組織上のことであれ、何かあったとして、まずカナーレに相談するのが普通だと思うが。

「外しましょうか？」

しかしカナーレも察して確認してくる。

「そうだな……」

レティが指先で顎をかいて、ちょっと考えこんだ。

「いや…、ひょっとしてカナーレに聞いた方が早いのか……？」

一人でぶつぶつと言いながら考え始めたのに、アヤースは眉をよせた。

「なんだ？」

「あー…、いや、ちょっと聞きたいと思ってさ」

「何を？」

「どうやったら、もっとよくしてやれるのか」

「よく？」

言葉が省略されすぎて、意味がわからない。

「いやだから。男相手にエロいことする時」

さっくりと言われて、アヤースは思わず黙りこんだ。カナーレも横であっけにとられている。

しかし、こんな問いが出るということは――。

手を出したのか…、とアヤースはちょっとため息をついてしまった。

相手はおそらく、カラブリアの王太子だろう。レティとは幼友達だったらしい。今は敵味方とも言える関係になるのだが。面倒な相手だ。

まあしかし、こういうことは理性や常識ではない。

「実地で見たいのか？　……もっともアノ時のカナーレを見れば、たいていの相手がつまらなくなると思うがな」

「アヤース！」

つらっとした顔で言ったアヤースに、横でカナーレがわずかに頬（ほお）を赤くして声を張り上げた。

「えー？　セラだって、結構いいカラダ、してっと思うんだけどなー。わりと経験あるはずなんだけど、なんかうぶっぽいのもカワイイし」

何か思い返すようにまにまとしながら、レティがうなった。

「統領っ！」

さらに耳まで赤くして、カナーレが嚙（か）みつく。

「私は外させていただきますから…！　今夜はお二人でゆっくりお話し合いくださいっ」

そしてそれだけぴしゃりと言い捨てると、足音も荒く去っていった。

――今夜？

その背中を見送り、失敗した…、と悟ったアヤースだった。

end.

あとがき

ひさしぶりのコルセーア、外伝その2になります。ジルさんたちのお話ですね。コルセーア初のオヤジ攻め、そして前回に続いて遠距離恋愛カプということになります。なんか統領もジルさんもですが、側でカナーレたちがらぶらぶしてたら、ますますムカッとしてそうですね。そういえば前回のあとがきで「次は短編集」とか書いてましたが……う？

さて。いつもイラストをいただいております御園えりいさんには、本当にありがとうございました。そして、本当に本当にすみません…っ。合わせる顔もないくらい申し訳ないことでしたが、ボリス様がすばらしくかっこよく、美人なジルさんとのツーショットがとてもお似合いで、気がつくとにやにやしておりました。さらに若き日のボリス様の美形っぷりが！　こうしておじ様が主役を張れるのはありがたいことです。ありがとうございました。そして編集さんにも本当に…………すみません。は、這い上がります…っ。

シリーズもなかなか長くなりまして、いつもおつきあいいただいております皆様、そして初めましての方もいらっしゃるのかな？　手にとっていただきましてありがとうございました。いっとき、海賊たちの世界でお楽しみいただければうれしいです。

6月　写真の通りのやまもも！　一瞬の楽しみですっ。

水壬楓子

索引

【アーガイル（アイル）】——アーガイル・ローレン・ファーレス。アウラの息子。

【アームジー派】——ハマード教異端宗派の一つ。

【アウフェリア・ファーレス（アウラ）】——プレヴェーサの姫君。レティの双子の姉。

【アジュール】——「蒼」の意味。カナーレが記憶喪失の時の名前。

【アデル・ジャイティ】——シャルクの暗殺者。カラ・カディの一人。「生者の墓（マザール）」

【アナトリア】——アウラの乗る艦。太陽を額にいただく女神を船首像に持つ。

【アナベル】——カラブリア王太子・セラディスの異母妹。

【アブドゥル・コンラード導師】——ピサール帝国の執務官。プレヴェーサへ使者として赴いた。

【アベル・オルボーン】——エドアルドの従兄弟。アルミラル侯爵。

【アヤース・マリク】——プレヴェーサの艦隊司令官。「悪魔殺し」＝カーチャ・ディアーブロの異名を持つ。

【アリア＝タリク】——ピサール帝国内にあるマテジャ国境の一地域（偉大なるタリクの意）。帝国内でもアームジー派の勢力が強く、自治領の扱い。

【アル・バグリー】——ピサール帝国皇帝。

【アル・ミカール】——プレヴェーサの海賊。ベル・エイメの砲撃手。

【アルプ】——アルプハラン大陸の北側一帯の地方。レビア教を信奉する国々が多い。

【アルプハラン大陸】——モレア海、ボーナ海、ヴァロー海に面した大陸。アルプ地方とハラン地方に分かれる。

【アルマダン・イル＝シャイル】——ピサール帝国の皇子。ラティフの異母弟であり片腕。

【アレックス・ウォートン】——宝探し屋。目的のためシャルクと行動している。

【アンドレア・コロンサ】——プレヴェーサの海賊。ベル・エイメの艦長。

【イクス・ハリム】——ピサール帝国の都。

【イタカ派】——ハマード教の正統とされる一派。ピサール帝国の民が信奉している。

【イリア】——アイルの乳母。サヌアの商家の娘。

【ヴァロー海】——ピサールとコルラダンの面している海。

【ウィラード＝シロッコ】——レティの副官。剣だけでなく、弓も得意。

【ウルージ＝バルバロッサ】——「赤ヒゲ」と呼ばれる、プレヴェーサの重鎮。

【エイメ】——ローレンの妻。レティとアウラの母。カラブリアの名門貴族デ・アマルダ公爵家の娘。

【エリナ公女】——バルティーニ大公の末娘。

【オセラ家】——ニノア同盟国の一つである13大公家の一つ。サン・スワーレス家の領地と隣接している。

【オルセン大公】——ディーゴ・ニコラ・オルセン。13大公の一人。ニノア同盟国の盟主。

【エドアルド・オルボーン】——フリーダの夫。フェランド伯爵。

【カタリーナ（リーナ）】——カタリーナ・アングラート。パトラスの伯爵令嬢。ユーグの従妹で婚約者だった。カナーレとも従妹になる。

【ガディル家】——ニノア同盟国で評議員を務める名門貴族の家系。

【カナーレ・デラクア】——プレヴェーサの統領付き作戦参謀。盲目。もとは銀髪、今はくすんだ灰色。蒼い目を持つ。

【カラ・カディ】——「黒の執政官」の意味。長老直属のシャルクの暗殺部隊。

【カラブリア】——アルプ地方の大国の一つ。

【ガリオン船】——４本マストの大型船。ベル・エイメがこの種類。

【ガルシア・ドメネク】——ボリスの配下で、キリアンの父。ジルの剣術の師匠。

【ガレリア騎士団】——レビア教、また教皇を守護する騎士団の一つ。シンボルは星３つ。

【カン・デ・アグア】——泳ぎが達者で漁の手伝いなどもする犬の種類。

【キャラック】――――――――船の種類。商船に使われることが多い。
【行者（マラブート）】――――――カラ・カディのコード名の一つ。
【キリアン・ドメネク】――――――ボリスの配下。ジルの友人で、兄弟のように育った。
【ギレベルト・ヘレス】――――――ミランダ伯爵家に仕え、マーヤの警護役に付いている。短い灰色の髪と灰色の瞳。
【クリスティアン】―――――――カラブリアン王太子・セラディスの弟。
【クリバーグ家】――――――――ニノア同盟国の一つである13大公家の一つ。
【グルド】―――――――――――パドアの隣町。船大工たちの街。
【クレサンシュ・ドラフォス・ラスパイユ】
――――――――――――――――司教枢機卿であり、リーズの総大司教。現教皇の実弟
【コルフ騎士団】――――――――レビア教騎士団の一つ。船をレビア教を象徴する赤に染めているため、海賊たちには「赤鼠」と呼ばれている。
【コルラダン】―――――――――３つの海に面した海の要衝。ドービニエ家が代々総督位を受け継ぐパトラスの海外領土だった。現在はピサール領に。
【サッポー】――――――――――プレヴェーサと取り引きの多いパドアの商人。がめつい。
【サティフ】――――――――――ナフェルの弟。シャルクの暗殺者。教団を裏切った兄を追っている。
【サドレル家】―――――――――ニノア同盟国の一つである13大公家の一つ。
【サヌア】―――――――――――ニノア同盟国の沿岸にある保養地。エイメが静養している。
【サン・スワーレス家】―――――ニノア同盟国の一つである13大公家の一つ。現在の大公はアウラ。女大公としての正式名はアウフェリア・エミリア・ファーレス・サン・スワーレス。
【シェイラ】――――――――――パドアの娼婦。「メリサの娘たち」の一人。アヤースの馴染みだった。
【シェルシェル諸島】――――――モレア海にある群島。プレヴェーサの本拠地がある。
【ジェンティーレ家】――――――ニノア同盟国の一つである13大公家の一つ。
【シハーブ・アッディン】――――シャルクの暗殺者。カナーレを拾い、剣を教えた男。
【シャイフ・アル・ジヤバル】――シャルクの指導者。
【シャルク・アームジー】――――ハマード教の異端であるアームジー派の最右翼。「暗殺教団」と恐れられる一派。
【シャン＝ブルー】―――――――レビア教皇の直轄領である特別区。
【ジャン＝ユーグ・ドービニエ】―パトラスの名門であるドービニエ公爵家の当主。パトラス領だった当時のコルラダン総督。カナーレの兄。
【シュペール家】――――――――ニノア同盟国の一つである13大公家の一つ。
【ジル・フォーチュン】―――――アヤースの副官。冷静で知性的。二刀流の使い手。
【白い魚（シル・ムーイ）】―――カラ・カディのコード名の一つ。
【スパン】―――――――――――金貨。ハラン地方での通貨単位。
【スライアン】―――――――――シャルク・アームジーの暗殺者。ピサールの王宮でカナーレを捕らえる。
【生者の墓（マザール）】――――カラ・カディのコード名の一つ。
【セクアナ】――――――――――プレヴェーサの艦の一つ。
【セサーム・ザイヤーン】――――ピサール帝国の司法長官。シャルクに命を常に狙われている。左足が不自由。カナーレの義父。
【セナド・カシエール三世】―――レビア教皇。
【セラディス】―――――――――カラブリアの王太子。薄い金髪に灰色の目を持つ。身体があまり丈夫ではないが、頭脳明晰。
【セルベルロン】――――――――パトラスの西の半島にある小国。パトラスの属国のような扱いになっている。
【セレイ】―――――――――――シャルクにさらわれてきた少年。ナフェルと行動をともにしている。
【セングリア騎士団】――――――レビア教、また教皇を守護する騎士団の一つ。シンボルは星８つ。
【ソフィア・オルボーン】――――フリーダの娘で、ジルの姪。

【タラル】――シャルクの暗殺者。セサームを暗殺しようとして失敗する。
【タンジャ】――プレヴェーサの艦の一つ。旗艦に随行することが多い。
【チャド】――プレヴェーサの海賊の一人。アヤースの配下。
【デア】――金貨。アルプ地方での通貨単位。
【ティエリ・オルセン】――オルセン大公の弟。実は実子。
【ディノス】――パドアの西にある田舎町。エイメの叔父であるボリスがいる。
【テトワーン】――シャルクの本拠地。場所は特定されていない。「暗殺者の谷」と呼ばれる。
【ドービニエ家】――パトラスの名門である公爵家。
【ドミトリ】――プレヴェーサの海賊。ベル・エイメに乗船。レティの配下。密航してきたナフェルと戦った。
【灯火を消す者（チラーク・クシュ）】――カラ・カディのコード名の一つ。
【トラキア】――プレヴェーサの艦の一つ。旗艦に随行することが多い。
【トラス・ラピテ・カドラル】――カラブリアの地方都市。特別自治領となっている歴史ある古都で、仮面祭が開かれる。フェディリーネ大公が元首を務めている。
【ナフェル】――シャルクの暗殺者。教団を抜け、今は追われている。
【ニノア同盟国】――主だった13の大公家が一つの国家として同盟を結んでいる国。
【パードレ】――プレヴェーサの艦の一つ。旗艦に随行することが多い。
【パクソス海峡】――コルラダンとカラブリアの間にある海峡。
【ハシム】――ピサール帝国の近衛隊隊長。
【パトリシオ】――カラブリアンの王弟。セラディスの叔父で政治には無関心。
【パドア】――ニノア同盟国にある、モレア海最大の自由都市。オルセン大公領。
【パトラス】――アルプ地方の大国の一つ。
【ハマード教】――ピサール帝国を始め、その周辺諸国が信奉している一大宗教。
【バラシュ大公】――ニノア同盟国の一つである13大公家の一つ。
【ハラン】――アルプハラン大陸の東側一帯の地方。ピサール帝国がそのほとんどを領土としている。
【バルティーニ大公】――ニノア同盟国の一つである13大公家の一つ。
【バレッタ】――マテジャの海岸沿いにある小さな街。レビア教皇とセサームとの歴史的な会談が行われた場所。
【ハロルド・グース】――カナーレの補佐についている少年。
【ピエモン海戦】――プレヴェーサがカラブリアを抜けたあと、モレア海沿岸諸国が共同戦線を張り、海賊退治の名目でプレヴェーサを殲滅させようとした時のもっとも大きな海戦。この戦いでアヤースは名を売った。
【ビクトル・クルセント】――カラブリアの侯爵で、将軍として海軍を統括している権力者。
【ピサール帝国】――ハラン地方のほとんどを領土とする大国。ハマード教を信奉している。
【ファロン枢機卿】――カラブリア在駐のレビア教の枢機卿。次の教皇の座を狙っていた。
【フェルガーナ】――プレヴェーサの艦の一つ。旗艦に随行することが多い。
【プラッツア家】――ニノア同盟国の一つである13大公家の一つ。
【プラノ艦長】――プレヴェーサの海賊。パードレの艦長。
【フリーダ・オルボーン】――ジルの実姉でボリスの養女になる。フェランド伯爵夫人。
【フリゲート艦】――快速艇。軍艦に多い。
【プレヴェーサ】――主にモレア海を活動の場とする海賊の一族。かつてカラブリアの海軍に属していたこともある。
【プレティア】――カラブリアの東の端の半島にある街。ガレリア騎士団の本拠地。
【ベアール家】――ニノア同盟国の一つである13大公家の一つ。
【ベル・エイメ】――レティの乗るプレヴェーサの旗艦。
【ベルジュ家】――ニノア同盟国の一つである13大公家の一つ。
【ボーナ海】――ピサールとその周辺国、カラブリア、コルラダンの面した海。

【ボリス・デラクア】――――エイメの叔父。変わり者と言われるカラブリア貴族。カナーレに自分の姓を名乗ることを許している。
【ポルト・ニノン】――――セルベルロンにある港町。
【マーヤ・ミランダ】――――マーヤ・クリスティアナ・イサベル・サン・ミランダ。ミランダ伯爵家の息女で、ガレリア騎士団長。
【マオ】――――カナーレの飼い犬。魚が好物で東方の言葉で「ネコ」を意味するマオと名付けられた。
【マテジャ】――――ピサール帝国のシャン＝ブルーと国境を接するアルプの小国。
【マハディア大陸】――――暗黒大陸と呼ばれている、内陸はまだ未開の大陸。モレア海側は開けていて、コルラダンがある。
【マルセスト騎士団】――――レビア教、また教皇を守護する騎士団の一つ。シンボルは星５つ。
【マンスール・シェフリ】――――もとはヤーニの秘書官で、現在はセサームに付いている。アウラ奪回の際には海賊たちとコルラダンへ赴いた。
【マンフリート】――――カラブリアの国王。
【ミュルース】――――ニノア同盟国の辺境、パトラスとの国境近くにある小さな港町。
【ミランダ伯爵家】――――カラブリアの名門貴族の一つ。ガレリア騎士団の後ろ盾であり、代々団長を輩出している。
【ミリナム】――――カラブリアの現王妃。エイメとは親しい友人だった。
【ムサ・メイナ】――――セサームの僧院時代の師。
【ムラード】――――プレヴェーサの海賊。
【メリサ】――――サッポーの女房。娼館「メリサの館」の女将。
【モガドール】――――アリア＝タリクへの海の玄関となる港町。
【モレア海】――――プレヴェーサが主に動いているアルプとマハディアに挟まれた海。
【ヤーニ・イブラヒム（ヤーン）】ピサールの宰相。セサームとは幼い頃からの長友。
【山の長老】――――シャルクの指導者、シャイフ・アル・ジヤバルの呼び名。
【ユースフ】――――アウラの副官。
【ライナス・ハートリー】――――アウラの警護役。もとはカラブリアの貴族、ハートリー家の三男坊。
【ラティフ・アル＝ラフマン】――――ピサールの皇太子。
【ラビ・ジョッシュ】――――シャルクの暗殺者。カラ・カディの一人。
【ラマ・ガハル】――――ピサール皇帝や執政官たちの暮らす大宮殿。ピサールの政治、文化の中心。
【ラムーン家】――――ニノア同盟国の一つである13大公家の一つ。
【ランディア】――――パドアに隣接する刃物職人たちの街。アヤースの頼む鍛冶屋がある。
【リーグ】――――距離の単位。
【リーズ】――――カラブリアの都。
【リーマ・サレイム】――――ピサール皇帝の23番目の妃。
【リグーリア】――――コルラダンの沿岸にある自由都市の一つ。
【ルッカ】――――パトラスとハイファの間にある海峡。
【ルトフィ艦長】――――プレヴェーサの海賊。タンジャの艦長。
【レイエル】――――ランディアの鍛冶職人。若いが腕はいい。
【レイプール】――――ニノア同盟国、オルセン大公領内の港町。大公の別荘がある島のよりの港がある。
【レオナルド・オルボーン】――――フリーダの息子で、ジルの甥。
【レティウス・ミア・ファーレス（レティ）】
――――プレヴェーサの統領。アウラの双子の弟。
【レビア教】――――アルプ地方の多くの国が信奉している宗教の一つ。レビア教皇を頂点とする。
【ローレン・ファーレス】――――プレヴェーサの先代当主。カラブリアの元侯爵。
【ロラン公子】――――オセラ家の跡継ぎ息子。

この本を読んでのご意見・ご感想をお寄せ下さい。

〒151-0051
東京都渋谷区千駄ヶ谷4-9-7
(株)幻冬舎コミックス　小説リンクス編集部
「水壬楓子先生」係／「御園えりい先生」係

リンクス ロマンス

梟の眼 ～コルセーア外伝～

2012年6月30日　第1刷発行

著者……………水壬楓子
発行人…………伊藤嘉彦
発行元…………株式会社　幻冬舎コミックス
〒151-0051　東京都渋谷区千駄ヶ谷4-9-7
TEL 03-5411-6434（編集）
発売元…………株式会社　幻冬舎
〒151-0051　東京都渋谷区千駄ヶ谷4-9-7
TEL 03-5411-6222（営業）
振替00120-8-767643
印刷・製本所…共同印刷株式会社
検印廃止

ISBN978-4-344-82522-2 C0293
Printed in Japan

幻冬舎コミックスホームページ　http://www.gentosha-comics.net